U0128324

棒棒糖的滋味

Life is a box of lollipops

宋瓊珠 著

藍海文化

■ 國家圖書館出版品預行編目（CIP）資料

棒棒糖的滋味 / 宋瓊珠著. -- 初版. -- 高雄市：藍海文化事
業股份有限公司, 2021.03
　　面；　公分
ISBN 978-986-06041-0-8（平裝）

863.55　　　　　　　　　　　　　　110000882

棒棒糖的滋味

初版一刷・2021年3月

著者	宋瓊珠
責任編輯	林瑜璇
封面設計	余旻禎
發行人	楊宏文
總編輯	蔡國彬
出版	藍海文化事業股份有限公司
地址	802019高雄市苓雅區五福一路57號2樓之2
電話	07-2265267
傳真	07-2264697
網址	www.liwen.com.tw
電子信箱	liwen@liwen.com.tw
劃撥帳號	41423894
臺北分公司	100003臺北市中正區重慶南路一段57號10樓之12
電話	02-29222396
傳真	02-29220464
法律顧問	林廷隆律師
電話	02-29658212

ISBN　978-986-06041-0-8（平裝）

藍海文化事業股份有限公司
Blue Ocean Educational Service INC

定價：280元

目錄

I
人生的分線

II
一切平安

自序

　　《棒棒糖的滋味》這一本書，是我多年來出差旅行及生活中的一些經歷記事。平日我有一個習慣，如果有感動的事，我會試著寫下來，而這些事的感動就像不同口味棒棒糖一樣，可能是微微的甜、或是一點點的酸、辣和澀的滋味，慢慢地融入到心裡，讓我的生活因著這些酸甜滋味變得充實又有活力。很多時候，我真的是在這些情境中體會生活、學習生活，而其中的滋味正如棒棒糖般地多元而無法預測！古人曾云「不為無益之事，何以遣有涯之生」，意思是人的一生總會花一些時間，做些看似毫無意義的事。然而，在有生之年若能花一點時間在美好的事上，是挺好的。這次能夠將這麼多年來寫下來的心得結集成書，實因朋友及家人們的鼓勵及肯定。我非常感謝家人和朋友們一路的陪伴、支持及守望，更重要的是生命中每個帶給我的感動及幫助我的人和事。這些經歷實實在在的讓我嘗了生命中最豐富的棒棒糖滋味。

　　書的第一部分是生活小品，有回憶外婆和我相處時光的〈外婆的月光〉，記錄同學之間的友誼的〈想念她〉等；也有出差旅途裡的感動，如〈在東京的第一個晚餐〉，搭計程車時碰見一位父親的〈德生的爹〉，描寫母愛的〈一個相遇〉等。此外，也有一些旅程中的感觸及自省，例如〈火車上的大叔〉、〈喜歡懂得等待的自己〉、〈人生的分線〉、〈畢業〉和〈想念家的一天〉等等。

　　而書中的第二部分，則是我在美國訪問的一些感想。由於這次的訪問正巧碰到新冠肺炎 COVID-19 疫情，加上封城，以及被要求在家工作及遵守居家令的緣故，我成為一名待在家裡工作的上班族，所有工作只能網上進行。所以，書的第二部分內容是疫情在美國的一些感觸和生活記事，其中有些是和朋友網上聊天的感動，例如〈歲歲平安〉、〈貨郎鼓〉、〈第一次的記憶〉和〈留言記事〉等，還有這段期間我在美國生活的點滴及返家的心情的分享，例如〈陽光燦爛的日子〉、〈生病記〉、〈後院裡〉和〈等待的滋味〉等。盼望這本書的內容能和讀者一起分享如豐富滋味的棒棒糖一樣，有多種不同的一點酸苦澀、和暖暖的辣及甜甜的味道。

I
人生的分線

I-1
......
人生的分線

　　初到這世上的你，雖然需要極多的照顧，卻是最單純又自在的時期，你用最本能的方式表達自己，只憑簡單自然的「嗯」、「啊」聲，就可以引起別人對你的關注，或是用哭泣吸引旁人的注意，使別人全心解讀你的需求並呵護幼小的你，而你牙牙學語時，不時發出咕咕嚕嚕的聲音，將周遭的人逗得樂呵呵。隨著時間增長，你漸漸學會一些技能，例如用手、用腳、用眼，去觸摸、去觀察，然後變得會爬、會走，會去開拓自己生活的圈子，這時的你，心依舊自由自在。

　　不知過了多久，你的心不再如此自由自在，逐漸被上學和社會地位牽制住，而且深受外界影響，彷彿自己被懸掛在一個雙腳無法著地的位子。在這種情況下你不一定會失敗，反之還可能很成功，但就是這些所謂事業的成就及成功的誘因，牢牢栓住你，讓你身處在一個不是不舒服，只是感到不夠踏實的地方。因為，社會壓力會要你緊緊握住權利、成功和財富。

　　又不知過了多久，你覺得時機到了，雙腳踏了地，但雙手卻還緊握著認為屬於自己的東西，一秒都捨不得放，它們可能是財產、名聲或自我感覺良好的幸福，覺得能夠將這些完全掌握於手中，才能使自己有存在感。

　　逐漸地，不知在什麼樣的光景下，你突然發現自己應該要學會放手，這不是放棄，而是感覺到當下緊握於手中的太不實在，若不學會放手，將失去所有的機會而無法真正獲得更多。與人的相處關係也會因執著不放手而不再自在，於是父母放手讓你做自己，你也放手讓別人做自己，你的角色也從主導轉為輔導，雖然放了手，自己卻顯得越發重要。

　　走了將近一生的路，最後會發現你不是走到路的盡頭，也不是停在起點或原地打轉。

　　真正奇妙的是，原來你正站在中間。所以，一生的分線是從自由自在，到懸掛在腳踏不了地的地方，更是從學會該適時放手、放心，然後看著過去迎向未來！

I-2
外婆的月光

讀高中時，有天放學回家，看見平時與舅舅同住的外婆出現在我們家，並且打算住一段時間，當時的我聽到這消息覺得非常歡喜。

母親原本安排外婆住在我房間隔壁的客房，沒想到外婆說想和我住同一間，於是我和外婆一起度過了長達半年的同居生活。

我的房間主要分成兩個區域，一區是我念書的地方，擺有一張大書桌，另一區是日式榻榻米及邊上的單人床。

我原本想讓出唯一的床給外婆睡，但外婆表示自己比較喜歡睡在平坦寬大的地方。於是，外婆選擇睡榻榻米，而我還是睡我自己原來的床，不過有時我也會到榻榻米上跟外婆一塊兒睡。

那時的我正準備聯考，學校安排了許多輔導課，我幾乎天天早出晚歸，就連週末也只剩週日下午，才有那麼一點點空閒時間可以放鬆休息。

外婆來住的這半年間，我經常看見母親和外婆一起做事，不是裁縫就是刺繡，一會兒又去煮料理、做點心，母女倆似乎有永遠用不完的巧思，而我每天帶去學校的飯盒，就像她們發揮創意的表演舞台，每日都有別出心裁的花樣，包括裝飯盒的袋子也繡上了花。

　　外婆每天很早休息就寢，天未亮就起床到院子活動，同住一間房的我每天熬夜點燈做功課，外婆非但不介意，還直說她自己這麼老了能和孫女住一起，可以看著我讀書寫字，對她而言是件很安慰的事。事實上，我每天都在忙考試，幾乎沒時間和外婆互動，大部分都是在週日的午休，和外婆躺在榻榻米上談天，也不知聊到什麼時候就自然地入睡。

　　時光似箭，半年很快過去，外婆回舅舅家了。而在這半年期間，有件事讓我覺得對外婆很過意不去。自從外婆與我同住後，逢人便誇讚我的房間很好，總是能瞅見皎潔的月光，但我心裡清楚，房間裡哪來的月光，外婆說的想必是我每夜讀書時的燈光吧？

　　夜晚，外婆在「月光」的沐浴下，便會吟唱起「月光光照眠床……」這首詞中蘊含命好的民謠。

　　直到外婆回去的第一個夜晚，明明是我以往獨自睡習慣的房間，現在卻有種難以言喻的感覺，在單人床上翻來覆去，怎麼都睡不著。於是，我換到外婆睡了半年的榻榻米上躺著，突然發現窗前真的有月光照射進來，而且非常明亮。從窗外的一個角度看去，月亮高掛，正對榻榻米，我好奇地打開窗一探究竟，才知道原來是院子口上的一盞圓燈亮著，無怪乎外婆總說每天都有月光。

　　思念至此，發覺自己真的很想念、也習慣了有外婆陪伴的每個夜晚；而院子那盞圓圓的燈，成為外婆說我房間總有滿滿月光的功臣。

I-3
曾經滄海

以前總聽學長姐們推薦教英文課的丁老師，而且強調若是真能讓他教到，日後的英文能力一定會十分出眾。所以，我一直盼望在高年級時能遇到丁老師。

非常幸運，我三年級時的英文課真的由丁老師來教導。看他風采翩翩，相信他年輕時的樣貌肯定俊帥迷人，雖然現在步入中年，不復當年瀟灑，但舉手投足間，仍不失讀書人自然流露的文雅氣質。

真正給丁老師教過後才明白學長姐所言不假，他的教法真的很有一套，除了讓我們快速背好生字和文章外，連困難的英文聽寫也變得輕鬆簡單。

唯獨上課時聽同學朗讀課文，是我覺得最乏味的時刻，除了沒有什麼創意，我還注意到丁老師都會不小心打起瞌睡。那時小小年紀的我總是滿腹疑惑，不懂老師為何會這樣？難道念課文是催眠曲？如今大概可以理解箇中原因：一位老師一學期若要教六、七個班，等於短時間內同樣的課程內容要重覆六、七次，同樣的課文朗讀一個早上不斷重複，想不打瞌睡也難。

不過，每次老師分析文法及教我們寫作時，他的雙眼立刻變得炯炯有神，非常有神采。尤其是當他提起自己初戀時的眼神，

彷彿真的散發出光芒。因此，我們全班都很羨慕老師的初戀對象，即使事隔這麼多年，她仍然在老師心目中如此美好……。

某天有個同學竟然大膽舉手問老師：「是不是初戀才是最好的？是不是真的曾經滄海就難為水？」

老師笑著說：「當然初戀最美，真的是『曾經滄海難為水』。然而，更重要的是我們如何看待初戀的態度。」

他說：「例如，在我們的學習上，如果我們無所用心去接觸人或學科，不但會在學習時感到枯燥無味，甚至連想都不想學，這種初戀只有痛苦的回憶，讓人不堪回首；反過來，如果你的老師用心教，你也專心學，那這門科目的初戀就會是甜蜜而且有功效，幫助你維持良好的學習態度。正如你的初戀情人令你留連忘返，就算日後基於某些因素不能在一起，曾經有過的美好經驗，也會讓你明白為何會有『下一個會更好』的說法。這不是說你碰到『下一個』一定會更好，而是你會知道如何成長，讓自己擁有『下一個會更好』的眼光，以及自己可以變得優秀的能力。」

頓時，我們對老師的初戀情人似乎沒有那麼羨慕了，反而喜歡能讓老師變更好的師母了。

老師又說：「『曾經滄海難為水，除卻巫山不是雲』也可說是一種鼓勵。只有認真體會過，才能真實瞭解滄海之美，巫山雲海的雄壯。」

最後，老師又補充了一句：「你們真的要好好認真學習。」然後，他繼續教如何寫好英文作文……。

I-4
感恩的棒子

　　母親節這天，我想每個不同的人，必定有許多不一樣的感觸。尤其在媒體發達的今天，更是沒有一個角落能讓你閃躲。當然，在這個值得慶祝、感恩的日子裡，媒體的提醒有時卻讓人感覺偏多，或是感覺少了些什麼。因為有了母親，我們在這世上才有了依靠；也因為有了母親，我們才會有父親一生的疼愛。所以，慶祝母親節這天，也如同慶祝父親節，提醒每個人要記得感恩自己的父母親，以及反省自己。而母親節這天對我來說，從小到大，每年都有不同的體會和感動。

　　長大後的我們，不一定每個人都有機會成為父親或母親，這就像一場接力賽跑，有的隊伍可以一棒接一棒傳下去，有的隊伍沒有人可以接棒，只能一棒到底的跑著。雖然他的身分沒有變過，但因著父母親給予他生命，他仍可以過感恩父母親的節日。

　　父母親所給予的生命如同一個正數，每個正數在開根號後，有的剛好只是一個數，有的則是連續不斷的數。所以，每個人都有如一個正數般的生命氣息，而長大的過程則有如開根號的際遇，最後看到有些人可能是一棒接一棒的數（開根號後是連續不斷的數），有些人則剛好成為那一棒到底的數（開根號後剛好只會是一個整數）。

　　一定有不少人會想說：「為什麼當人成為父親或母親時，會如同一個正數開了根號後產生出一連串的數呢？又為什麼當人是單身或婚後沒生小孩時，會如同一個正數開了根號後只產生出一個整數呢？」

　　故事是這樣的，一開始兩個人交往，就如同兩個正數在一起，之後為了更好的相處，都得互相適應與調整。當兩人成為伴侶後，各自就不再是原來的數，而是有如人們常說的，好伴侶可以讓雙方更完整，是兩個正數合成一個正整數。不過，這個完整絕對需要雙方先各自調整自己，才能相互配合，在這裡我們稱為「開根號」。如果這個正整數開了根號後，產生出一連串的數，那麼就如前面所言，可以一棒接一棒的傳遞下去。如果這個正整數恰好是 4，那麼 4 開了根號後就只會產生出 2 這個數而已，這一棒就必須跑到底。

　　現在我們來想想，開了根號後會產生出一連串數的正整數比較多呢？還是產生出一個整數的正整數比較多呢？答案是產生出一連串數的正整數比較多，正如世界上比較常見的是一棒接一棒的家族。比如說，在 1 到 100 的正整數中，只有 1、4、9、16、25、36、49、64、81、100 這十個數，開了根號後會是一個整數。如此看來，開根號後產生一棒接一棒的數，比產生一個整數的數要多的多。

　　不知觀察出這種現象後，你是否會覺得滿有趣的？更有意思的是，下回若是有人說不喜歡開根號後有一連串的數時，你可以跟他說這個故事哦！當然，對要一棒跑到底的人來說，也如開根號後為整數般了然於心。所以，不管你是屬於哪一種數，這個感恩的棒子，握住了才叫幸福！

I-5
......
找時間思量

　　一位身為國際攝影藝術家的好友曾告訴我，他旅居國外的原因，主要是為了他兩個孩子，他也提到正在「做時間」。得知的當下覺得很好奇，藝術是如何來「做時間」？

　　朋友說他是借用了最近在威尼斯藝術年展中，臺灣藝術家謝德慶的展覽主題「做時間」，來詮釋目前的生活。我似乎有點明白他的意思，回想每次觀看一件經過創作者巧思的作品，創造者總是能將觀賞者帶入他所期待及感動的情境中，無怪乎我那癡情又專業的藝術家朋友會說，現在為了兩個孩子繼續在「做時間」的創作。

　　我不是從事藝術的工作者，只是剛好身旁有幾位出名的藝術家朋友，他們的共同特質就是做好時間，經過多年歷練，在國際藝術的舞台上都占有一席之地。這些成就歸功於他們成功用理性的心，將感性的事用「做時間」的方式，一一呈現出感人的脈動。

　　學習科學的我，常常不知如何創造出生活藝術，相對於這些藝術家朋友，「做時間」這事對我而言相當困難，我只能在我專業的領域中「找時間」思量，這是我的願望：用感性的心訴說理性的事。也許說來令人費解，如何找時間思量呢？然而，正如鄭

板橋先生所言「難得糊塗」，在理性的生活中，可以嘗試感性一下，找時間思量一番，在思量的過程中，彷彿能開啟一扇窗，擁有欣賞美景的幸福。因此，為了「感動的緣故」，我的攝影大師和畫家朋友繼續做時間，創造藝術的美，而我則是繼續找時間思量⋯⋯。

I-6
冷天的快閃

在攝氏零下二十九度的天氣裡是怎樣的感覺呢？

若在室內穿著 Canada Goose 的羽絨外套，待不到十分鐘全身就暖呼呼的，而在零下二十九度的室外，這件外套儼如裹著一條棉被在身上，使人感到安全又暖心，但我待在室外的時間不是很長，無從得知這羽絨外套的保暖效果可以維持多久。然而攝氏零下二十九度（-29℃）這個溫度換算成華氏也是負的，剛好是 -20.2℉，所以 -29℃ 真的是超級冷！（攝氏和華氏的溫度轉換是攝氏 ×9/5 ＋ 32 ＝華氏）。

由於第五十二屆超級盃在這裡舉辦，短短幾天時間，城裡就湧入了近一百萬人，餐廳、飯店甚至機場，更是忙上加忙，超級盃的魅力可見一斑，你會感受到群眾隨著精彩的球賽，燃起一身熱血。正如電視播報員所言，外面是零下二十九度，球場是二十度，觀眾是三十六度，這景象相當奇妙，好比在洗三溫暖。

不知道一個人在整理情緒時，是否也能如此有趣？例如，一件不喜歡的事，純粹因為責任而不得不做，起初只是以平淡的心情去完成，但體驗箇中滋味後，沒想到竟然愛上了它。

今天我不知為何心裡覺得酸酸的，也突然發現心酸酸比天冷冷的還要難受，最後只好嘗試聽聽詩歌、畫畫圖，試圖淡化這股

莫名的心酸，看著牆上自己為新年所寫的賀詞，一個春字，頓時有種絕妙的甘甜湧上心頭，發現最能安慰心酸感覺的，竟是靜下心來寫字和畫圖。

望著外頭忙不停的鏟雪車，正用三十五度熱騰騰的力氣，移動零下二十九度的雪，賣力而有趣。

怎樣叫做冷？在臺灣時，氣象預報員會一直說冷空氣來了，提醒民眾要如何保暖，尤其是遇上濕冷的天氣，到醫院看診的人也隨之增加，繁忙的場面讓人不禁感覺氣氛熱呼呼的，似乎天冷的另外一面，也帶來其他事物的熱度。

正巧寒假我來明尼蘇達大學訪問，剛下飛機時就降了近兩英尺深的大雪，路上有許多車子回不了家，更有許多車輛打滑無法上坡，而堆在路邊外頭高高的雪，實實在在告訴你到底有多冷。

我穿著大衣和手套，頭上還戴了帽子，走了一段路，注意到路上有許多和我打扮相似的人行走著，外面就像渾然天成的大冰庫，奇怪的是，縱然臉頰被冷風吹得冰冰涼涼，人們卻依舊自由自在地在這個大冰庫裡走路、開車和工作。所有生活的節奏全部在大冰庫裡正常運作毫不耽擱，頓時我真不知如何形容什麼叫冷。

I-7
老朋友

　　坐在星巴克的沙發上，對我來說是一種生活上的享受。我可以跟朋友各自喝著自己喜歡的飲料，再有一句沒一句的聊東聊西，再各自發呆想自己的事，可以是數學，也可以是生活，或靜靜觀察周遭的人、事、物，還可以自在的神遊，最後再和周公見一下面，你說這算不算一種享受？我來的這家店很特別，除了有暖呼呼的火爐外，在角落還放置了幾張令人放鬆又舒服的沙發，來這裡已成為我生活中有趣又放鬆的時刻。

　　今天我們來談談幾位也會固定來此的「咖啡客」，他們也和我一樣喜歡坐在沙發上。一般來說，他們都會點一杯咖啡，再要一杯冰水，然後找個位子坐下來，做自己的事。有位老先生是固定的讀書派，他總是喜歡挨著暖暖的火爐邊坐著，很認真、安靜地讀他的小說，當然也包括了他和周公見面的時候。他話不多，卻是最先和我這個「茶客」打招呼的老朋友，這真讓人感覺溫暖。另外，有位特別不一樣的老先生，每次看他來這裡，都會有人與他談話，甚至有人還專程約他來這裡聊心事，因為他總有許多說不完的話題。看到他讓我想到，年長者能多多分享自身的經驗與經歷，是一件很好的事情。

　　這兩位喜好截然不同的老先生，一位喜歡獨自一人靜靜看

書，另一位喜歡與人聊天分享經驗和心得。好奇的我看著他們兩位，不禁想著我年長的時候，將會變成什麼樣子？是喜歡一個人靜靜看書呢？還是喜歡與人聊天分享心得？亦或是像現在一樣，喜歡坐在沙發上想事情、發呆，然後小睡一會兒呢？我想每個人或許會因年輕時的工作性質與經歷不同，連帶影響到年長後的行為模式。還有一位老先生很喜歡走路，一直不斷地走，直到走到這裡，點了一杯咖啡，做為他每次走路的終點站。不過，他有時還真有點可愛，走路的樣子很匆忙，像是在趕什麼急事似的。有時冷不防，還會走過來非常靠近地看你一眼，這突如其來的舉動，有時還真讓人不知如何是好。另一位老先生，每次來這裡必定點一杯咖啡，再配上一杯冰水，外加一份甜點。等他慢慢享用完這些餐飲後，才會滿足地緩緩地離開。另外有一位老太太，她是一位退休約四十多年的小學老師，她看起來非常端莊有氣質。只要有空來喝咖啡，她每次一定會送我巧克力吃，非常疼愛我。她像長輩般地和我分享她的經歷，並提供我許多生活資訊。

　　這幾位老先生和這位老太太在我眼中就像「老朋友」般熟悉，會稱他們為「老朋友」，一來是因為他們比我年長，二來是我每天到同一個地方，幾乎每次都會看到這些熟悉的身影，自然而然在心裡會覺得見到「老朋友」的感覺。

　　當然，每次來這裡，除了會遇到這些「老朋友」，還會看到許多過客，通常會讓人特別注意到的，不外乎是他們的行為舉止、服裝衣著，或溫馨感人的畫面。我頓時覺得，是不是我們時常一起重複做某些事，久而久之就會感覺像「老朋友」呢？例如，我們和家人的關係，可說是一種習慣。而其他過客，就好像

我們生活中遇到的許多人、事、物，也許他們很精彩，卻短暫，最後總是匆匆而過而已。寫到這裡，突然發現我的老朋友們都已歸位了。今天又是安靜且舒適的一天。

I-8
在東京的第一個晚餐

　　在東京的路上走著，這是我第一次獨自一人來到東京，疲憊的身體加上陌生的環境，似乎是每個旅行者第一天會遇到的光景！氣象報告指出氣溫 5℃、有微微小雨，當我走在這種氣溫的路上，沒有覺得寒冷與孤單，只是突然想到一個人生命的完整，會有何其多種不同的情形呢？在我前往超級市場的途中，恰好路過一家家庭式的麵飯店，店名叫作「○○笑福」。看到這店名，我想應該是幸福之意，當下決定如果等一下超市裡沒有合適的晚餐，我就回頭來嘗嘗看笑福料理。

　　一進餐廳我楞住了，一時間不知該坐哪裡好。此時，有位還在用餐的老先生看了看我，對我示意一下，我想應該我可以坐在他的隔壁桌吧！於是我坐了下來，店裡招待客人的媽媽，馬上端上一杯裝著漂亮冰塊的冰水，並拿著全部寫滿日文的菜單給我，但我只認識菜單上所寫的 800、500 等數字而已。我只好問這位媽媽說：「有沒有 noodle ？」她回答我說：「有 Udon，OK ？」於是又趕緊拿來一本上面印有圖片但沒了數字的菜單給我。最後，我點了一份素的烏龍麵，並點了在菜單上還看得懂的「一夜干」。不過，我們還是用手稍微比畫了一下食物的樣子。最後，端來的一夜干是一份烤章魚，我就開始一個人靜靜吃著烏龍麵與烤章魚。

　　我觀察到隔壁桌的那位老先生，他點了一壺清酒，桌上擺著一、兩盒外帶的食物，非常怯靜地喝著酒，配著小點心吃。不知為何，我竟羨慕起這位老先生來，我想可能是我的麵吃起來味道不錯，加上看到他吃得很自在，讓人覺得很溫暖。不久之後，又有一位老先生進來，他坐在離我遠一點的位子，我看到他吃了非常多東西，不知為何突然覺得自己很幸福。我想，很可能是因為我覺得自己在一個像家的餐廳用餐吧！

　　後來，坐我隔壁桌的老先生起身要離開，我禮貌的向他點頭致意，謝謝他一開始對我的友善態度。於是，他對我說了一些話，似乎是覺得我這個外來客很特別（我只能從他的行為表現來猜測），好像要我好好享受在東京的停留。過沒多久，他起身穿上他的大外套，再戴上毛帽與圍巾，他穿著的很整齊，看起來就像詩人或是學者。他走到櫃檯前結帳，我見他付了一次錢後，又付了一次。他回過頭來向我揮了揮手，表示再見之意，我也同樣向他揮手致意，希望他能瞭解我感激他的友善。等他離開後，店裡的三位招待媽媽還特地過來跟我說了一段很長的話，奇妙的是她們不在意我有沒有聽懂，只是很認真地一直對我說，傻傻的我只好對著她們微笑與點頭。

　　終於，我來東京的第一個晚餐結束了，我起身問了招待媽媽說：「這樣總共多少錢？」沒想到她們對我說，剛才那位老先生已經幫我付好了。哇！當下我的心就像湧入了一股暖流，整個人突然覺得好熱、好溫暖喔！

　　今天是我這輩子第一次吃了一份友善的免費晚餐，我不知該如何用言語來完整詮釋我內心的感動……。我真的喜歡我們大家

彼此在用餐時的寧靜和他自在的氣質！也許那位老先生看見我一位外來女子的安靜。今天真是個讓我難以忘懷的一天，希望在東京的這幾天，還有機會遇到這位老先生，可以當面說聲謝謝！

後續：

　　過了幾天，我準備返回臺灣。雖然在東京停留的這些天，我還每天特意經過「○○笑福」的店門口，卻沒機會再見到這位慈祥的老先生。於是我特地準備了一份小禮物，並附上一張感謝卡，親自拿到店裡。沒想到我一開口，店裡的招待媽媽就想起了我，只不過和第一次一模一樣，說著我聽不懂的日語，最後只能用非常簡單的英語和手勢來溝通。我比畫著請她們有機會幫我將這份小禮物轉交給老先生，她們非常感動地代老先生一直向我道謝、鞠躬，並告訴我老先生不定期會來店裡用餐，一切沒有問題。

　　就這樣，我完成了感謝的任務。當我走出店外，細細的雨突然從空中飄下，當時的氣溫只有 6℃，讓人感覺有點冷，但我的心在回程的路上，卻覺得滿足而溫暖。

I-9
風吹的新臺幣

我今天為了採買一些水果，開車前往大賣場，外頭雨勢不大，只是淅淅瀝瀝下著，風卻很大。週末的早晨，馬路上的車輛非常少，我的車正是其中一部。

平時在路上遇到紅燈，令人不免感到急躁、想抱怨，但這次很不一樣，無心瞥見的一個畫面，牢牢鎖住我的視線。對向車道有位載著回收的婦人，只見她將厚厚一疊紙箱堆放在機車上，下雨使紙箱吸了水，變得十分沉重。就在此刻，突然刮起一陣大風，將她毫不留情吹倒在地。

若沒有這陣風，她原本可以順利騎過綠燈，不用像現在摔得如此狼狽，還淋著雨處理散落一地的紙箱。好在當下路況對她來說算安全，只是這一摔讓她感到十分難為情，我趕緊迴避和她眼神交會的尷尬，而她則使勁推著沉重的回收物和機車到路邊。看著那默默努力的身影，令人動容的一幕，讓我有很深的感觸。

那是頗為無奈的認命，這樣辛苦又吃力的事，怎是一介弱女子可以輕易克服的？我猜想，這個工作也許是她家裡的一頓溫飽，也可能是貼補家用的來源。在這強風下，一疊疊淋雨濕重的紙箱，對外人來說是什麼？

我反覆問著自己，始終找不到合適的解答，當我重新正視這

位努力的婦人時，那堅毅不畏風雨的模樣給了我答案：原來，這些都是風吹雨淋的新臺幣！

　　此時，我前面的紅燈已轉成綠燈。

I-10
同（童）心的分享

　　有一天，我看到三個不到十歲的男孩在星巴克，大家開始從口袋裡掏出銅板，看似每個人都掏盡了身上所有的錢，好不容易湊足了，一起滿意地去櫃檯前點了一杯飲料，三個男孩就這樣共用一根吸管，你一口、我一口的輪流喝著，大夥臉上都洋溢著歡喜和滿足的表情。看他們快樂的樣子，好像比一人一杯還開心。

　　為什麼會這樣？明明好不容易湊足了錢才買到的飲料，每個人也只能輪流喝幾口，為什麼他們的快樂卻不只乘以三，甚至遠遠超過每人一杯的樣子？我想，這是因為我們經常追求自由自在、追求滿足。當我們為了追求更大的滿足時，就開始慢慢失去同（童）心，失去與人分享的心，到最後手中所掌握的，就只有一個人的成就、一個人的滿足而已。

　　我不是鼓勵或喜歡看人籌錢，而是我從這三個男孩身上看到了分享的快樂，也看到了知足的福分。雖然只是一件很小的事，卻提醒了忙碌的我們，不知從什麼時候開始逐漸忘掉知足的快樂。我們覺得不貧乏了，就不覺得與人分享重要。殊不知，當我們不再與人分享時，這反而會讓我們變得更貧乏。正如剛開始我們對現狀不知足，可能逼得我們更上進、更努力的追求滿足，但若追求到了卻還不知足，反而會讓人覺得更貧乏、更不快樂。

I-11
想念家的一天

　　一般來說，每個人都有和媽媽一起做事的經驗，也許每個人參與的事情不相同，但長大後回想起這些過往，內心深處溫暖的感覺應該是很相似的。今天我就來說幾個在記憶中曾和母親一起做過的事。

　　還記得那時我剛上小學，不知在哪裡看過有人打毛衣，小小年紀的我就從家中隨手拿起打毛線的工具，一直跟在忙著做家事的母親旁，堅持要母親教我如何打毛線。可能是母親覺得我還太小，無法靈活控制這些工具，所以一開始沒有想教我的意思。不過，我的「纏功」還不錯，母親只好停下手邊的工作，教我一點簡單的基本動作，這是我第一次學習打毛線。日後我只鉤織過茶墊、圍巾，鉤織衣服對我來說則是件遙不可及的事。但是這種手中繫著毛線的溫暖感覺卻帶給了我極大的安慰，並讓我時常想起母親是如何教我第一針的鉤法。

　　另外，還有跟媽媽一起在餐桌上，處理一些煮菜前的準備工作。有時是一起摘菜，像是摘掉四季豆、長豆兩端較硬的梗，或是把一大顆的花椰菜剝成一朵朵的小花菜。我們不光處理蔬菜，也會處理魚乾之類的海鮮，像是剝開魚肚去除魚刺，再把魚一一分成小塊；有時還會處理小卷乾。說到小卷乾，處理起來還真費

事。首先，要把肚子裡那黑黑的內臟拿出來，抽出一塊薄薄硬硬的骨片，接著用手剝成一圈圈的小塊，然後媽媽再把這些處理好的食材收起來，等到要煮菜時才拿出來使用。我很喜歡吃海鮮，心裡總會等不及想馬上吃到。

不過，我知道好吃的東西需要花費一些時間與功夫，只好耐著性子癡癡地等，等待著廚房裡飄來陣陣的香味。在處理這些煮菜前的準備工作時，我跟媽媽有時會一邊做事一邊聊天，有時兩人就靜靜地各自做著手邊的事，但無論如何，與媽媽一起做事的感覺很好。當這些準備工作都完成時，我內心會覺得非常愉悅，因為等一下在餐桌上就會看到這些美味又可口的菜餚了。

另外跟媽媽一起去市場買東西，也是快樂的事。尤其是到了市場，就感覺世界好像突然間變大了，因為市場裡幾乎什麼都有，除了菜、肉，還有生活用品，例如衣服和鞋子之類的。若是遇到有廟會活動時，還會有許多外地來的攤販，這時就會有更多新鮮的東西可看、可吃。只是，每次看到媽媽辛苦地從市場提回重重的食物時，內心總覺得不捨。

若是遇到某些特別的節日時，我還會跟媽媽一起搓湯圓。我不太喜歡吃糯米製成的食物，但與媽媽一同把大大的糯米糰，搓揉成許多一粒粒的小丸子真有趣，媽媽還教我如何用雙手搓掉湯圓表面的不光滑處，變為完美的圓形，這感覺真的很幸福。這些圓圓的小丸子可是包含了母親對孩子滿滿的愛。試想，為何我們吃的湯圓都是搓成圓形，而不是其他形狀？或許是因為圓形光滑較好入口，也代表了有祝福人生圓滿的意思。

是的，在外面出差的我，今天真的是很想家……。

I-12
....
病中的思量

生病到醫院吊點滴，一瓶 300 cc 的點滴大約需要滴上四小時左右，在這安靜等待的過程中，頓時心生諸多感觸，覺得人真的好脆弱。

急診室裡狀況非常繁忙而且複雜，有人送來時已經昏迷不醒，有的則是遭遇車禍，還有高燒不退的。值得慶幸的是，隨著科技發展，醫學進步，檢驗技術日新月異，醫生能在短時間內獲知病患的一些身體數值，讓醫生能對病患的病情做出最適當、最有效的處置。

今天在急診室，注意到躺在我旁邊病床上的中年婦人一臉不悅，因為她只是發燒，醫院卻建議要住院，需要她提供聯絡人，她考慮半天怎麼也擠不出一個人名，最後大哭一場。護理師面對這種情形似乎司空見慣了，沒有再多說什麼。

婦人的事讓我感覺單身一個人住不太好，尤其碰上生病、出意外時沒人知道。但過了沒一會兒，救護車送來了一位昏迷病患及他的家屬。意外的是他們一家人住在一起卻沒有發現家中長輩已經昏迷多時，看來有沒有生病除了自己要多留意之外，能有家人的留意及陪伴會更好。

我很幸運，發燒三天只是留院觀察，我怕耽擱外甥上班，便

要他先回去。這時想起《一個人生活》的作者，在文中提到人要懂得善待自己，累了就休息，不喜歡就說不，能夠好好做事就要義無反顧、盡心盡力，因為沒有人能知道明天，甚至下一秒會如何？

在觀察室和急診室裡，很受感動，看著每位醫護人員對病人聲聲的叮嚀和細心的照顧，真的覺得他們像天使一般讓病人及家屬得到了安慰。

I-13
關心

什麼是「關心」？是一種放在心裡的想法？還是表現出來的行為？

有時候，人們會情不自禁的擔心，這是為什麼？我想大概是內心知道，彼此存在一種友好的關係，使得我們會不自覺地關心對方的一切。

隨著年齡增長，發現越簡單的事似乎越加困難，正如「關心」這件事，有時希望對方能因善意的關心而開心，所以我們會將自己的心關在一個地方，仔細思量如何表達關心之情，好讓對方能被我們關心、照顧；有時對方會因我們的關懷而感到壓力，雖然我們是善意地關心對方，但對方卻因壓力鎖起了心，於是讓這樣的關心變成了不開心，所以最後我們只能關起門來瞎操心。

原來關心一個人真的需要智慧，例如在猜不透對方的情況下，如何適度展現關愛的心？以及如何將自己的心關在一個妥當的地方來關心都是需要仔細地想一想、思量一番才合宜。

I-14
偷得半日閒

　　今天下午，會議的主辦單位沒有安排任何議程，主要是為了讓來訪問及參加會議的人，有時間可以到附近走走逛逛。我看每個人似乎都有各自的計畫，而 Google 上給的建議又多不勝數。於是，我選擇聽一位當地祕書的建議，到淺草寺看看。

　　大約花了一個小時，我順利抵達淺草寺車站，一出站就看到寫著「雷門」兩字的大街，而且街道兩旁的店舖都排列的非常整齊。但放眼望去，街道上的人多到讓人無法分辨人潮的動向，每個人或每個小團體就像血液中的紅血球與白血球般，不停流動。我就這樣在來來往往的人群中走著，終於到了淺草寺。

　　沒想到它的腹地比我想像中要大，在這裡我除了照相，還是照相。不過，我發現了一個與眾不同之處，就是這裡穿著和服（kimono）的人比其他地方多。有的是旅客暫時客串，有的是當地人平時正式的裝扮，分辨的方法還滿容易的，亦即當地人穿夾腳拖走在街上，樣子是既優雅又有節奏，而客串的旅客們則是步伐紊亂而且浮動。人們在這裡來去匆匆，可以說是這裡的一個特殊景象。

　　我再走到旁邊比較沒人的地方，這才赫然發現，原來真正古老的淺草寺藏身在這，建築物看起來很古老，比較有歷史的味

道，好像只有當地的東京人才知道這個老的淺草寺。我像個好奇的觀光客東走西看，置身在這古寺裡，感覺彷彿回到了古代的日本，讓我一點也不想離開這裡。看著下午三點的陽光灑在東京的銀杏花上，煞是美麗，一對中年夫妻正在用手機拍照，努力的對銀杏花抓著鏡頭。後來，我成了一位互惠者，我們互相幫對方拍照。

　　之後，我發現一個看似古老的建築座落在一角，好奇的我當然不想錯過。我上前走近一看，才發現原來它也是一間神社，叫「被官稻荷神社」，而它的由來其實是一段溫馨的小故事：一位先生向上天祈求，希望他病重的妻子可以好起來。不久，他的妻子完全康復了，之後兩人也一直過得很幸福。於是，這位先生決定在這裡建造這間小寺，感謝上天的憐憫。在雷門與淺草寺這麼繁華熱鬧、人多擁擠的地方，有這麼一個安靜又溫馨的小角落，讓人覺得很放鬆。我簡單和管理人員聊了幾句，買了個小禮物，當她幫我包裝禮物時看見「大吉」兩字的祝福時，我們兩人都好開心。

　　今天的氣溫是比較冷一點，當陽光灑在這個角落時，我非常捨不得離開這暖暖的時刻。我找了個位子坐著休息，一個人靜靜想著研究的事。過沒多久，我竟有了更好的發現和體會。對我來說，今天真是愉快又美好的一天。

I-15
和好友的一個爭執

　　喜愛聽民歌的我們，只要有機會聽民歌，都非常樂意聽。那天，我們開車前往目的地，車上正播放我買的民歌手 CD。這是屬於我們大學時代特有的曲調及聲音！我正陶醉在每個民歌手演唱的歌曲，你突然說：「這絕對不是羅大佑唱的，應該是別人翻唱的版本。」我反駁說：「除非我買的 CD 是盜版，不然我很肯定這些歌都是歌手親口唱的。」你很果斷地再次強調，這絕對不是羅大佑唱的。

　　我很想證明，但當下不知該如何證明，只能一再要求你仔細聽聽看。當然，不相信的你也亟欲證明這絕對是翻唱的。我們各持己見、僵持不下，只能選擇靜默不語，心裡卻早已在不知不覺間產生一些火藥味。一個不相干的議題瞬間影響我們在車上的情緒，一路默不作聲，直到你突然驚呼：「啊！這是羅大佑唱的沒有錯！」

　　我心裡當下喊了一聲 Ya！我很高興你終於聽出來了！就在這個過程中，我在想到底發生什麼事，讓我們有這樣小小的爭執呢？我們都喜歡民歌，也非常熟悉每位歌手的歌聲，但為何我們的認知突然有這麼大的不同？

　　事後我才曉得，原來我買的 CD 是羅大佑三十歲時期的作

品，而你最近聽到的是五十歲的羅大佑所唱，三十歲的聲音和五十歲的聲音自然有所不同，我是用停留在大學時代的記憶，帶著我年輕時的心情來聽三十歲的羅大佑，而你是以現在的年紀，來聽有更多歷練的羅大佑。

　　我們誰都沒錯，只是時光讓我們忘了喜歡的年歲味道，也可以說是時光提醒我們，經過歲月洗禮，每個年紀都會有每個年紀的聲音，但是記憶中喜歡的感覺是不會變的！

I-16
喜歡懂得等待的自己

　　長這麼大，我從來都不知道原來麵粉有著這麼大的功用。我們經常可以看到坊間到處都充滿著琳瑯滿目的各種食品，並且使用麵粉所製作出來的食品還占了蠻大一部分的。有香噴噴的麵包、可口美麗的蛋糕，還有各式各樣五花八門的糕點，以及各種不同類型的麵食，例如麵條、包子、餅……等等。跟麵粉有關的食品真是不勝枚舉，真的多到數都數不完似的。

　　不過今天想跟大家分享一個從揉麵團的過程中，自己體會到的心得與感受。我曾在某天不知如何整理當下那種忐忑不安的感覺時，在桌上撒了一堆麵粉，然後加了些熱水和冷水，把它們揉成一個圓團。頓時我才發覺我那忐忑不安的感覺，就好比原本散亂在桌上的麵粉般的混亂不清，而就在我加了些水，小心翼翼慢慢地把它們集中起來，最後揉捏成一個完整的圓團的過程中，突然讓我領悟到只要用對了方法就可以來整理我那忐忑不安的心情，這好像揉麵團般把混亂的思緒通通都給揉不見，最後只留下一顆踏實的心，如此一來我就能安心的繼續做我的事情。果然在我揉捏成一個圓團之後，等了一會兒，剛才的那個麵團意外地變得非常的柔軟又有彈性，竟然可任由我隨意地塑形。於是我將它塑形成長長 QQ 的麵條、扁扁薄薄的餃子皮、包子皮等，讓我可

以包住想包的任何內餡，最後成為一道道可口好吃的麵食料理。
也正當我捏著麵皮時，這才體會到什麼是剪不斷理還亂的感覺。
原來凡事都有著它自己所屬的特性，就如同我們每個人都有自己
特有的個性，例如處理事情的能力，以及接受事實的延展性。另
外我還發現當麵皮擀得夠薄夠大時，其包容性更是大的驚人。可
喜的是，它所包含的內餡可以是歡歡喜喜的果子呢！我今天真是
喜歡上麵粉了，沒想到它讓我瞭解到包容與等待的重要之外，還
讓我更喜歡懂得等待的自己。

I-17
整理行李

一個人一輩子究竟需要多少行李？又需要多少個行程？

搭著飛機或高鐵，興高采烈地來到目的地，打開行李箱，細數著一件件寶貝。二十四吋的箱子裡頭裝滿了每次行程所需的用品，無論是依依不捨的旅程規劃，或是為了工作責任，接下來它都會伴隨我旅程中的每一天。

除了原先攜帶的必需品，旅程中時不時也會加入一些新的東西，為行李箱增添色彩，讓這趟匆忙的旅行多了幾分趣味。尤其在二十四吋的空間裡，想盡辦法擠進所有物品，也是一種挑戰。

在陌生的地方，好不容易習慣了一切，有那麼一刻，又不得不整理打包回程的行李，內心的感受常常是由不熟到習慣，最後心底油然生起一股酸酸不捨的感受。我心想，一個人一輩子究竟需要多少行李？又需要多少個行程？真正能帶的、需要的，似乎是一個永遠也理不清的行李。

整理行李就像在調一杯綜合果汁，果汁裡的水果隨著季節不同，調配出截然不同的風味，彷彿人生般，在不同階段整理出不同行李，或許也算是長大的一環。

～準備旅行中

I-18
揮揮手

揮揮手，不知道你看見了我嗎？再揮一次，希望你知道我在
這裡。

在人潮眾多的地方，尤其是車站或機場的出關處，見到我們
企盼已久的人，雀躍難掩的心情，使我們不自覺揮手。我們多麼
喜歡這樣揮一揮手，揮一揮手是全部的喜悅。

是的，我們常常會用揮手來引起親朋好友的注意，希望讓他
們看到正在揮手的我們。然而，送別時離情依依的揮手，卻是萬
分不捨的一揮再揮。在車站，眼見車子即將離去的一刻，揮手的
同時，也揮出了眼中的淚水。

想起第一次出國念書，我才發現揮手離開家是多麼難，縱使
它隱含了許多祝福，代表了我們即將再見的盼望。那麼多不捨，
使我們一揮再揮，希望心中的祝福能送給對方。

有一次到日本旅遊，發現日本的企業商家，會在你離去時不
停揮手，直到看不見你。之後，在一些旅遊景點也常看到大家隔
窗互相揮手，我內心直覺得非常感動，沒想到這樣簡單的動作，
竟有種暖心的溫度，而且有意思！

看見了嗎？也許現在正有人在揮揮手說 Hi 呢！

I-19
錯過

　　曾經，我因為許多原因錯過一班公車、一趟火車，甚至有數不清的相遇，在無意中也悄悄錯過。

　　「錯過」意指自己原本想做的事，可能是不小心忘記或來不及而耽誤，才會讓自己身處於帶著些許無奈與遺憾的情況。

　　今天，一如既往搭車前往目的地，期間沒有打瞌睡，也沒有閱讀書籍，反而興起想看看窗外的念頭，繁忙的生活日復一日，才發現已經很久沒有放鬆欣賞窗外的景色。

　　映入眼簾的是一片綠油油的稻田，還有綠意鮮明、小巧可愛的新芽，在枝頭上等待茁壯，路邊姹紫嫣紅，一朵朵爭奇鬥豔，看得我目不轉睛，心想原來不知不覺春天已經到來了！

　　我不由得感嘆，以往每天上學、讀書、寫字的生活，究竟讓我錯過了什麼？到底人在一生中會錯過多少機會？倘若沒有錯過今年的春天，那麼會不會錯過其他有趣的事物？錯過今天早上的火車，有沒有可能錯過一整天的心情？錯過一個重要約會，有沒有錯過一個真誠的說明？

　　原來，錯過不單是令人遺憾的一面，也可以讓我們預備另一個對的開始！

I-20
擦肩

　　下飛機時，看著你的訊息有說不出的感動。人生常常是我在這一頭，你在那一邊，不過反過來的時候也是有的。也許常常擦肩而過的，都是帶著那我們熟悉的味道！是的，這次你在這頭，我在另一邊⋯⋯，謝謝你總是願意分享你每次的作品種子，真的希望下回有機會，我們可以在同一座標、同一方向，一起欣賞你精心的作品！再也不要擦肩而過了⋯⋯。

I-21
時間

生活中，時間與我們的關係是密不可分，做任何事都「需要時間」，時間也總是在不知不覺間，一分一秒過去。我們最能為自己喜愛的事情「花時間」，只要有了喜歡的動機，花再多時間都會覺得非常值得，做這種自己喜歡的「花時間」工作，心情是最開心的。

另外，我們也學會「趕時間」，在諸多事物的時間壓力下，只要認知上來得及，誰都願意「趕時間」試一試「來得及」的滿足。

然而，懂得如何消磨時間、轉移心境，也是一種功課。例如：開車塞在一段漫長的車陣中，或排在一條很長的隊伍裡，我們除了要學會「等時間」，還得想些放鬆的事，使等待的時間不至於那麼枯燥。當然，有另一種「等時間」是甜蜜幸福的，例如：等著心愛的人的喜歡、金榜題名、結婚生子、升遷……等等，都是在一個個努力中「等時間」的兌現完成。

若是有個千載難逢的機會出現，我們就會發現許多人學會「搶時間」。「搶時間」真的很神奇，你若能占有「搶時間」的先機，這個機會就是你的，所以「搶時間」是一件刺激又有獎賞的事。

　　今天看了一場攝影藝術展，內心十分佩服作者能精準掌握每個時刻的情景，將當下最好的氛圍全收盡手中的鏡頭保藏起來，每件作品彷彿時光滯留般，卻又生動無比，令觀賞者身入其境。例如，明明在一個大熱天去觀看展覽，但透過攝影作品，讓人猶如身處於作品中冷清的冬日午後，無怪乎有人說藝術家真像在「做時間」。創作者除了需要時間完成作品，更要花時間展現最好的一面，還要「趕時間」抓住某個時候，然後「等時間」、「搶時間」，最後在他作品完美呈現時，將所有觀賞他的作品的人完全鎖在他所做的時間裡。

　　自從開始提筆寫短文，我發現寫作非常有趣。然而除了需要找時間思量之外，還要「趕時間」記錄下來，因為我擔心一忙就忘了主題、忘了感觸。於是等著延誤的班機，或是有十多個小時的飛行時，寫短文成為我「等時間」最好的陪伴；為了我心中的喜歡，我真的願意「花時間」寫短文，這也是為什麼「找時間思量」這件事，就這麼自然而然發生在我的生活當中。

I-22
破掉的衣服

　　喜歡的衣服出現破損，會令人感到沮喪。若只是常穿的衣服破了，內心或許不會像最喜歡的衣服破了那般難過，但無論如何，因為有穿過的感覺，在你和它說再見時，就會有特別的感觸。

　　即使款式平凡簡單，但因時常陪伴的緣故，隨著時間越久，藏存其中的回憶就越多。看著衣服上的破損，我不自覺喜歡這種歲月留下的痕跡，可以感覺到這件衣服忠心相伴，充滿捨不得的情誼。舊衣服變薄、變光滑，甚至帶著一點點磨損的痕跡，就會令人想起它在我們身上建立舒適的功勞，破舊的衣服在心中也有了新的感覺，我們也期待下一件新衣可以同這件一樣帶來舒適的感受。

　　不知從什麼時候開始，我漸漸喜歡上有一點舊的衣服。今天整理到一些又舊、又光滑的衣服時，就知道新舊衣服交替的時候到了，再怎麼不捨，總要懂得繼續往前！

I-23
想念她

　　想起剛上國中時，班上同學對我來說都是陌生人，沒有一位我認識，有時看著一小簇、一小簇的同學們，除了有點不習慣，那時孤單的我還真是羨慕她們，因為她們彼此都是國小畢業就直升國中的舊識。

　　還記得有天晚餐時，爸爸關心地問我說：「在學校一切好嗎？」當時我被這麼一問，一時之間還真擠不出一個字來。不過沒多久，我注意到班上一位同學，之所以特別注意到她，是她碰巧和我二姐的名字一模一樣，我跟她才開始有了共同的話題。於是，她就成為我第一位轉學後的好朋友。

　　後來學校要拚升學，用學生學習表現進行能力分班，也就是以成績的高低做為分班的依據。因著這種標準，我和我這位好朋友就不能同班了。不過，我現在還是會時常想起她，尤其是她曾帶給我生命中的一些特別體驗。

　　記得有一天，她邀我去她家作客，那是我學會騎腳踏車以來，騎過最遠的一次，想不到她家居然離學校這麼遠。我才騎了一趟就覺得累壞了，她卻要每天從家裡騎到學校，再從學校騎回家裡，這樣來回奔波，真是辛苦。等到我想回家時，好心的她怕我對回家的路不熟，特別陪我一起騎回我家，待我回到家，想拿

些吃的、喝的請她，她非常客氣的婉拒，就回家去了。這時我才注意到，她騎的腳踏車跟我的腳踏車差別很大。她騎的是一種又大又粗壯，俗稱「鐵馬」的腳踏車，黑瘦的她騎在上頭，更顯得「鐵馬」的碩大，我從她的身上也深深體會到，什麼是愛人無私且慷慨。

有一天下課後，我突然發現她的抽屜裡藏了許多鞋底，原來她在幫人做代工。她告訴我，她每天要縫多少雙、才能賺多少錢。我出於好奇，跟她搶了一些鞋底過來幫她做。做好以後，我很得意地陪她一起去商家交貨。怎知商家說有將近一半的鞋底都要重縫，這些鞋底都不能算錢。當下急需要錢貼補家用的她，聽到這些話馬上紅了眼眶，淚水不停在眼眶打轉，我更是眼淚快掉下來了。於是，我們倆當晚趕工，才重新縫補好這些鞋底。難得的是，這件事她也完全沒有責怪我。

那時我才知道，原來她幫人做代工的背後，有著說不完「急需要錢」的現實。一位年僅十多歲的小女孩，不知每個月要花多少時間，縫製多少雙鞋底，才夠幫忙家裡所需的開銷。

我已記得有多少次陪著她，一起去拿貨回來加工；在我們分班之後，也不知道她後來的狀況了。只記得糊塗的我，當時就擠在那每天只有不斷考試的升學班，而她呢？我想應該是為了幫忙貼補家用，每天都在努力的工作賺錢吧？之後我漸漸長大，不知為什麼，特別怕看到或聽到有人做代工，也許是因為覺得不捨，也許是因為想念那段真摯的友誼，和她做事認真的臉龐。

I-24
Never let me go

　　最近看了兩部電影，都是令人很傷心的劇情。我也說不上來，為什麼就這麼剛好看到兩部這樣的電影。不過，也因為這樣，我才發現原來自己那麼禁不起憂傷。

　　我看的第一部電影是在描述人造人的故事，主要內容是人們為了治癒自己身上的疾病，利用生物科技製造出人造人並養活他們，之後再把他們的器官移植給生病的正常人使用。當然，這只是虛構的故事，但電影中這些人造人都是有血有淚、有情感的活著，當我看到後面時，幾乎忘了當初製造他們的目的與功用。最後，當我看到正常人如何剝奪人造人的生命、愛和熱情時，不禁感到憂傷。

　　另一部電影是描述二戰時，波蘭人如何幫助猶太人的故事。這部電影裡的人都是正常人，只是因為人種不同，導致相互仇恨、屠殺，讓正常人也變得如人造人般，漸漸失去活著的權利。沒想到世界之大，有些人竟會歧視他人，視他人如糞土。還好，也有某些人的心可以在大大脅迫下的小小空間裡，因著愛承擔了救人為先的重責大任。

　　有人說，從來沒有一個世代可以避開爭執。然而我想說，是不是因為人少了自覺及反省，才會有爭執呢？我也不清楚真正的

答案，只是學會省思後，明日是否就不再有憂傷呢？也許就如第一部電影的片名《Never let me go》，記得不要輕易讓幸福溜走吧！

I-25
數學惡夢

　　留學時，為了要讓大家早點瞭解美國文化，學校會鼓勵學生多參與一些社區或校內外的活動。我記得當時住的地方有社區英文會話班，我便就近報名參加。很巧的是，除了我和另外一位同學外，大家都是社會人士，而且是國際性的，有來自日本、挪威、瑞士、韓國、印尼等國家。每週上課，都是分享上週的生活總結。對學生身分的我，能提及的大概就是功課和作業，而其他社會人士所分享的可是非常精彩。其中有位印尼華僑的母親，我都稱呼她許媽媽，她家每週都會舉辦大 party（派對）。後來漸漸瞭解，這位許媽媽是個大企業的負責人之一。她的分享特別有趣，所以每週我都很期待。

　　期末聚餐後，她分享說她很開心有念數學博士生的同學，因為她這輩子最害怕的就是數學。她說：「怎麼辦呢？考卷一翻再翻，一題都寫不出來，眼看著時間快到了，唉呦！怎麼一題都不會，哦！」嚇了一身冷汗的許媽媽，就在這樣的夢中醒來。她還說在夢裡，她總是把考卷從第一題看到最後一題，再從最後一題看到第一題，一題一題看，一題一題想，結果發現一題都不會寫，真是苦惱透了。所以，她半夜常常被這樣的惡夢嚇出一身冷汗而驚醒。

　　這麼多年來，每次碰面的時候，許媽媽仍然常常提起這個令她害怕的惡夢，說的時候就好像她正在考試一樣，栩栩如生：「完了！所有題目都不會寫，完了！完了！」因此，每次我都要一再提醒她：「一切都過去了，不要再害怕這樣的數學惡夢了！」許媽媽回答我說：「她今年快八十歲了，這種害怕仍難以抹滅，至今她都還會不斷被考數學的情境給嚇醒。」這也是為什麼她覺得有數學博士生是她同學，讓她很有面子！

　　看著這麼厲害的女企業家，做事不僅有邏輯、有效率，還有很好的分析能力，卻一直被「害怕數學」困擾這麼久，真讓人有些不捨。數學啊！你真的令人害怕？還是考試的成績令人不悅呢？然而，數學在我們日常生活的計算及分析應用時，卻一直陪著我們。例如，有哪個路徑走起來省時又省力，有哪些折扣買起來比較划算？想到這裡，還真捨不得讓「數學」變成惡夢了！

I-26
站在中間的我

　　不知道有沒有這種經驗？看著自己走過的一段路程，經歷了多少事情？內心的感覺和成長歷程，也只有自己能夠瞭解，是匆匆？還是混亂？是悠閒？還是享受？答案是：都有！但總有那麼一點點說不出的落寞……也許這就是人們所謂的「長大」吧！

　　而今，我發現我不只是站在空間的中間，也在時間的中間，往後的日子不可能拷貝以前，卻深受過去的影響。頓時，我毫不猶豫想往後走幾步，因為捨不得過去的自己，似乎我真的還沒準備好向過去道別。是的，凡走過的，都會有想念的……。

　　我知道過去很多的經驗和學習是珍貴的寶貝，但也知道，我必須要毫不猶豫並且非常堅定往前走，更應該好好思索如何跟未來的自己見面。那個未來的自己，是由過去、現在，以及一直進行的我組成。終有一天，我將來到終點，盼望那時我能很開懷地看著每一階段的自己。

　　近日和友人談起站在中間的感受，他說他在臺灣住二十五年，美國住三十年，兩邊都有認同，卻不容易有共同，他的認知是他正活在一個中間的位置。這一席話倒是提醒了我，原來還有文化上的因素會影響我們要往哪裡去？

　　看著站在中間的我，望著未來的路，它應該是開心的、有熱

情的，我怎能可以猶豫呢！或許我害怕到達終點，或許我害怕自己孤單，也許根本不會有什麼或許，應該只有肯定，一定一定要讓那個未來的自己記得、看清楚，現在站在中間的我，每一步是如何努力和認真！加油！站在中間的我！

I-27
難分難捨

　　記得高中時期的電影院，常會播放一些經典作品，只要有時間，我們幾個女孩便會結伴去看電影，即使電影結束，我們仍沉浸在當時的氛圍中，邊吃飯邊聊劇情，細細回味電影中的精彩情節。

　　的確，有許多電影故事教人揪心且難忘，就算是不同年代的作品，其中觸及人心的感動，也不會因物換星移而有所改變。

　　記得有一次和同學去看電影《魂斷藍橋》(*Waterloo Bridge*)，才發現為什麼每次告別式或畢業式，總是會聽到演奏這部電影的主題曲〈Auld Lang Syne〉。原來，和家人或情人告別和分別時的不捨與感傷，真的是肝腸寸斷，如電影情節般令人心碎。

　　這部電影的內容，大致是訴說一位芭蕾舞者邂逅了一位軍官。他們相戀、相愛，直到發生戰爭，他們在火車站分離。之後，女子天天來到車站，癡心盼著軍官平安歸來，怎知卻等到軍官的死訊。

　　這個噩耗使她大受打擊而生了場重病，生活加上醫療都需要錢，為了醫治她，她的閨中密友去當了交際花。等她復原後，在現實的雙重壓力下，她也不得不從原來一個單純、癡情的女子，變成在火車站成天找人搭訕、賺錢的失落女子。

怎知某一天，一如往常打扮得花枝招展的她，在人潮擁擠的車站內，見到了她日夜思念，卻認為再也見不到的愛人。那個誤傳已死的軍官，竟活生生出現在她面前。從軍中冒死歸來的軍官，和日日失望無助的她，彼此為重逢感到歡喜快樂，並決定廝守一生。

殊不知，軍官的母親輾轉得知舞者這些年的生活時，私下表示希望她為軍官的前途著想，自行離開。滿心期待與軍官結婚的她，最終為了軍官的前途考量，決定悄悄離開軍官。

不知不覺，這位舞者來到當初與軍官第一次相遇的橋上，徘徊思索許久。「愛」本來是她唯一的希望，現在為了愛，她無語地衝向車道，結束了自己寶貴的生命。不知情而著急尋找舞者的軍官來到這座橋，發現了舞者，當下魂斷心碎。

回想著他們在橋上相遇的光景，還有在火車站難分難捨的心情，每次都是生離死別，因為永遠沒人知道，在戰亂中誰還有機會再見到對方。

每次想到他們手牽手，在氣笛聲響起，火車即將離站時，那麼不捨對方的真情模樣，我的眼淚就會自然地流下。這是人愈走愈遠，心卻愈靠愈近，令人動容的情境。那真像一個結，剪不斷，理還亂。

上大學後，我仍不改愛看電影的興趣，沒想到在大學生活裡，讓我意外體會到現實中，那難分難捨的情景。

大學時校方規定，所有學生一律住校，男生宿舍沒有門禁時間，女生宿舍卻規定所有人必須每晚十點前回到宿舍，主要是為了確保女學生的人身安全。因此，我在圖書館每天都只能待到九

點五十分，就得匆匆趕回宿舍，以至於我內心十分羨慕男同學，還可以一直待在圖書館看書。久而久之，我習慣了這樣的規定，內心也沒太多抱怨，唯一讓我覺得不舒服的，就是每晚回宿舍時需要面對的情景。

我們的女生宿舍是鐵欄杆大門，每當門禁時間將到，一對對情侶就會擠在宿舍大門，並且隔著鐵欄手牽著手，而且久久不肯放手。我每次趕著回宿舍，卻總是要突破擁擠的重圍，才能回到寢室。

雖然十點時會聽到宿舍媽媽不斷提醒大門已經關上，要大家快點回去休息。然而每對情侶的表現遠比《魂斷藍橋》中的男女主角更加纏綿悱惻，因為他們好像從明天開始再也見不到對方了，儘管大門已鎖上，他們總是久久不肯分開。

起初，我也曾被情侶們的舉動感動過，但日子久了，我不免在想，明天不就又能見面了啊！大家需要這樣依依不捨嗎？或許是年輕，這種捨不得分開的景像，永遠讓人想不明白，又猜不透。

不過在電影《魂斷藍橋》中，男女主角的分離卻著實刺痛了我的心。也許，每晚那些情侶的分離，真的是個未知能否再見面的心結，只是在宿舍門前日復一日的景像，只能說這也許就是年輕。然而，戰爭的殘酷、分離和重逢，又怎麼只是《魂斷藍橋》的一個心碎而已呢！

註釋：

結（knot）：「結」在我們的日常生活中隨處可見，例如：綁鞋帶、用繩子束縛東西、童軍中所用的各種繩結……等。「結」在數學上的定義是一條在三維中的閉合曲段，在空間中可有不同的交錯纏繞而構成拓撲不同的結，如下圖。

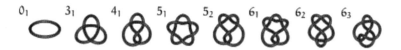

所謂兩個拓撲不同的結，就是在不破壞打結的狀態下，無論如何做連續變形，都無法把其中一個結變成另一個結。反之，若使用 Reidemeister 移動，在有限步驟內將一個結變化成另一個結，那麼這兩個結就被視為同一個結。數學上對拓撲不同的結最基本的命名是 Ck，其中 C 是有效交錯數（essential crossings），是結投影在平面上的最少交錯數，而 k 則標示拓撲不同的結。

參考資料：

郎一全（2001）。幾種古典的結不變量。**數學傳播，25**（2），30-37。

黎璧賢（2002）。漫談繩結的一些物理與歷史。**物理雙月刊，24**（2），338-342。

I-28
玻璃館

　　來新竹這麼久了，我今天決定到在地的玻璃博物館參觀。懷著偷得浮生半日閒的心情，捨棄了自行開車，選擇改搭公車，只是沒想到，等公車等了足足二十分鐘，坐上公車抵達目的地，卻只花了短短十分鐘。我不禁在想，這段等待的時間，走路應該都走到了吧？

　　博物館中展覽的作品很精緻，可惜少了那麼點驚喜感，不過還是從詳細的介紹過程中得到不少收穫，更認識玻璃工藝的不凡與深度。例如玻璃表面的顏色是將紙張貼在外層跟內部，呈現出內外交疊的層次感；純粹以窯燒工法製作出水晶的樣子，或是吹製的作品結合窯燒的作品，使整體展現出更深層次的立體；也有利用拉絲工法，仔細雕出極為細膩的作品；還有以畫畫為構想，將不同元素帶入玻璃裡，表現出的作品也非常迷人！

　　看見王俠軍先生的十二生肖系列作品，每個都十分生動好看，只是不曉得為什麼唯獨不見老鼠的身體，他只做了老鼠的上半身，真希望有一天王先生可以再做一個有完整身軀的老鼠，讓十二生肖能更加完美。

　　觀賞完所有展覽品，來到展示如何窯燒玻璃的地方。講解三點半就結束了，我很幸運地趕上最後一場。旁邊有位太太在賣展

示工法時所做的示範作品，這些現場做的玻璃藝品雖然造型簡單，但也因此最單純、最有人氣，縱然有一點點不完美，但每件作品看來還是頗可愛、討喜！

隨手買了一隻小豬和一對小羊，沒想到小豬在夜裡會散發一點點漂亮的光芒；另一對小羊，其中一隻眼睛好像長了睫毛，我順手在兩邊眼睛各畫上了三根睫毛，讓它看起來更加可愛！

最後，我準備返家，結束今天這趟短程的旅途。出了博物館大門，才發現外面不知何時飄起了雨，仗著自己有一頂帽子，我沒等雨勢變小，便直接去等公車。在路口等紅綠燈時，一位年輕人撐著傘向我示意要幫我遮雨，我也欣然接受他的好意，就在過斑馬線的幾秒，心底突然感覺暖洋洋的，這樣的雨中幫忙，雖然時間很短，卻是幫到人的需要。然而，我下公車後雨仍不停下著，剛剛沒有濕的衣服，最後卻是一路淋漓回到家，一個酸甜中和的滋味，是我今天的旅程！

I-29
說再見

　　最常會聽人說再見的地方，往往是在車站、機場、餐廳……等，每天不知有多少人、在不同地方，說了多少次再見。例如，小孩離家外出時會跟父母親說再見；夫妻、老闆員工，還有一些認識的與不認識的人，總是在一個適當時機時，會跟對方說聲再見。

　　英文的「Goodbye」中的「bye」，就是中文的「再見」，也就是「期待再次見到你」的意思。我們通常不會刻意去數一天總共會說多少次「再見」。不過，在說了「再見」之後，下次真的還能再見到面的，或許真的可以數得出來，但卻無法預料有多少機會。人和人是否有機會再相遇？通常是可遇卻不可求的。想想看，在這麼大的世界裡，讓原本不相識的人能碰上，還能說上話，是件很不容易的事。因為兩個人要相遇，必定要在同一個時間與空間才行，好比在同一個空間裡的兩條線要有交點，兩人才能相遇。然而，也可能兩人互道再見後，就各走各的路，形成兩條平行線，從此以後就沒有再見到面了。

　　今天，我看到兩位平日各自來探望他們的母親的兄弟一起出現。他們的母親剛過世不久，因此兩人必須一起過來整理母親留下的房子。當他們完成了整理房子的工作，臨行時，依依不捨的

對著這間房子說再見，感覺他們好像在向他們的母親道別一樣，而且這個再見很是沉重。對他們來說，跟母親道別是一門需要學習的功課，正如他們要學會整理房子裡有哪些東西可以留下，哪些東西必須捨棄。這次他們就要開始停止每週來探望媽媽的習慣，而且從此和他們的母親道別，即使是他們母親的房子也得學會放下。

我有時也會對人難以說再見，儘管人的相遇是偶然的，但對自己十分投緣之人，總會盼望還有再見的機會。有人說，對自己喜歡的人要記得對他道謝，感謝他對你付出的愛；還要記得對他道愛，讓他知道你有多麼愛他；有時可能還需要對他道歉，請他原諒你曾經的一些無心之過。最後，還要學會說道別，因為要讓他知道人生終須一別，好讓他放心離開你，也讓你能安心的繼續走你自己人生的道路。

話雖如此，我想最困難的是學會道別，尤其是對自己深愛的人或是父母親，要與他們道別，可不像平常說再見那樣簡單。我們知道說了這個再見，從此就再也無法跟他們見面了。而這種最後的道別，才是另一個酸澀滋味的開始。正如江淹〈別賦〉所言：「黯然銷魂者，唯別而已矣！」

I-30
Degree 36.1

　　是不是有人常常問你，你最喜歡哪個數字？不知道你的答案是個位數、十位數、百位數或其他組合？相信你總是會給出一個答案與滿意的解釋。例如，我說我喜歡 3 或者說我喜歡 7，就會有些理由為什麼我喜歡 3 或 7。在街上，你很容易看到有明顯數字的店家，例如 7 跟 11，大家都知道這是便利商店。另外，你也會看到一個數字叫做 85 度 C，因為他要告訴你這是泡咖啡最好的溫度；還有 50 嵐飲料店……等，你可以看到數不盡跟數字相關的商號。另外，賣東西的商家喜歡定價 1,999 或 9,999，這樣看起來比 2,000 或 10,000 少了些，心理上會覺得比較省一點，這真是個心理戰。

　　最近呢！我突然喜歡一個數字，它不是大樂透的六個號碼，也不是六合彩，而是一個簡單的三位數：那就是 36.1 或 36.5，只要不是 37.5、37.8，甚至 38.6 或 39.2。若是換成華氏，那就不要超過 98.5。我想大家都有發過燒的經驗，只要你的溫度計超過了 37 度或華氏的 98.5 度，你就會知道身體出了狀況，需要好好休養。倘若溫度一直沒能掉下來，那你一定要去看醫生，瞭解你身體出了什麼事。當然，有另外一種情形，就是你的體溫太低，比 32 度還低，那也一樣是出了狀況，需要看醫生。我最近連三

天看著我的體溫，有 38.1、38.3 到 37.8，最後 36.5；隔天又來到 38.6、38.2。這樣的過程，讓我非常想念每天我的體溫是 36.1 左右的時候。人生病了，體溫竟然就喜歡往 38 這個數跑，這樣的無奈真是讓我怕的不知所措。現在要說我說喜歡哪個數字？我的答案是 36.1 左右，只要學習照顧自己，保養顧惜，那可愛的數字必然每天長伴。

I-31
火車上的大叔

　　為了趕接駁的火車，我匆忙進了電梯，按下上樓的按鍵，就在電梯由一樓到達二樓之際，我從玻璃帷幕瞥見了一位推著嬰兒車的年輕母親，當下我很想讓電梯停下來，但電梯已經爬升到一半，實在無法為她多做什麼。

　　進入車廂，我坐進位於兩人中間的位子上，過了兩分鐘，列車長鳴了笛，但他似乎發現有電梯從一樓上來，於是停了一下。就這樣，我見到方才匆匆一瞥的母女。

　　她們一上車，我便本能起身讓坐，她一直說不用，最主要是她的嬰兒車頗大，而我的位子偏小，她很不容易可以擠進來坐，還好另外一邊有位小姐注意到她們，主動讓位給這位年輕漂亮的母親。這時我才發現，嬰兒車內有兩個小孩，而且是用平行重疊的方式放置。坐上位子時，這位母親將較小的孩子抱入懷中，嬰兒車裡則躺著較大的孩子。

　　這時，旁邊站著一位腳不方便的大叔，手上提著一大袋東西，而他的一舉一動卻吸引了我。他幫這位母親將沉重的嬰兒車搬上火車，當她抱起小孩時，他還在一旁安撫留在嬰兒車內的姊姊，嘴裡還說著姊姊真棒。正因為他的出聲，我更發現他的不方便不僅在腳上，說話也有那麼一點不方便，但他幫忙這母女三人

的行為，卻是自然又自在。

　　車廂內的旅客不少，可是絕大部分都在看手機或發呆放空，一路上大叔不斷叮嚀這位年輕母親：「記得下一回要有人陪，東西少帶一點……。」聽來兩人確實是初次見面。沒多久。這位母親準備下車，她不得不將懷中的小孩再度重疊放在嬰兒車內。我剛好在同一站下車，心想我應該可以幫忙一下；也在這時發現，這位年紀較小的小孩，似乎也是行動不方便。這位大叔一樣熱心幫忙搬嬰兒車，不捨地一再叮嚀這位母親，好好照顧小孩，他不便的腳在火車與月臺間踏進踏出，最後向母女揮了揮手，此刻，火車汽笛響了……。

　　我不知該如何啟齒，幫助這位母親，只聽見她在電話的對話中說著，要來接她們的人會晚一點到。於是，我在車站佯裝自己也要等人，心想這樣大家有伴比較不孤單，只是我腦子裡不斷思索：到底什麼才是方便或是不方便？什麼是助人為快樂之本呢？

　　終於，等到來接她們的車子，目送她們坐上車平安離開，我才回過神：我要回家了！

I-32
欣賞

　　有些時候會不懂如何欣賞一些事物。這裡說的欣賞，是指完全放心、安心之意。明明是一樁美事，卻因為失去了欣賞的心，怎樣也生不出個喜字來，頓時覺得，能時時懷有欣賞的態度，也是一門學問和一種生活的藝術。

　　近日看了一個烹飪頻道，節目中展示所有的料理過程，除了成品要色香味俱全外，光是精心的擺盤，就令人垂涎三尺。在一間裝潢時尚的廚房，看著主廚華麗且專業的手法做料理，也是視覺饗宴的一環。

　　換另一個烹飪節目，古老的灶台燒得柴火劈啪作響，看著那裊裊炊煙的畫面，也別有風味，一樣有不輸人的魅力。這樣一個古代灶台煮出的，是小說中可見，遠遠飄來的家鄉味，正如酒香不怕巷子深，只要有一顆欣賞的心，凡事都能變得更加精彩。

I-33
時間和時差

　　試想，一天之內有沒可能度過三個以上的清晨五點？這天，為了趕清晨五點的班機，在天空尚未有一點光亮時來到機場，此刻機場內雖不如白天熙熙壤壤，但仍充滿人氣。除了拉著行李穿梭於大廳的人群；也有排隊等待登機掛行李的隊伍。難以想像，清晨四點鐘，在機場內卻感受不到一絲冷清。

　　搭上飛機飛往西岸，一下飛機抬頭，驚見牆上的時鐘居然仍是清晨五點多，彷彿剛才的飛行過程是一陣錯覺，這是今日第二次和清晨五點相遇。西岸機場的人潮依舊不少，許多旅客還是睡眼惺忪的模樣，我顧著自己的隨身行李，急忙尋找下一個登機口，等待下一個旅程的開始。

　　看著螢幕尚未顯示我的登機口，我思索起等候轉機的這八小時該如何消磨。是來想想數學？還是看本小說？或是找個地方好好吃一頓早餐？

　　最有效率的辦法是每件事都做，只不過一想到要重新安檢，登機口有可能一改再改的狀況，真會將旅客折騰得疲憊不堪，為了讓自己喘口氣，就打消了做所有事的念頭，好好休息看看書。值得慶幸的是，這些旅行中讓人費盡心力之疲憊及緊張，在旅客安全抵達目的地時，就會全部一起卸下。

　　很巧地，經過轉機，抵達目的地的時間是早上四點三十五分。沒想到我在二十三小時內，即將要準備迎接第三個清晨五點，彷彿這天和這個時刻特別有緣。

　　邏輯上想來，真覺得不可思議。不過，一路風塵僕僕的我，接下來幾天不是去想為何遇見了三次的五點鐘，而是在日夜交替的時差調適中，盡早從中找到日出而作，日落而息的平衡。

I-34
寄放的箱子

　　我常在想，一個人究竟需要多少東西？這些年，只要有機會回加州灣區，看著我在普林斯頓大學時所用的物品，就不由得會有些疑惑，人到底需要多少東西？文具、書籍、衣服等，無一不是我日常反覆使用的東西，這些生活用品一點也不奢華，但有種平凡卻實用的踏實感。我想，我對事物需要的，只是一個安心且順意的感覺便足夠了。

　　很幸運的是，一位好朋友幫我保管了這些物品，讓我有機會回到灣區時，能再次從這些物品中，提醒自己生活的秩序。

　　這個箱子裡有個是我以前一直在用的鉛筆盒，小小的盒子就像一個藏寶箱，裡面裝了許多文具，有剪刀、美工刀、膠帶、橡皮擦、尺、修正液、螢光筆、原子筆、各色的流利墨水筆，還有一根別針，加上一個備用的 4A 電池，然後是和鉛筆盒最直接相關的自動鉛筆。一邊細數這些文具，從小到大一點一滴的回憶湧上心頭，突然發現原來這個鉛筆盒已忠心陪伴了我好多年的歲月！

　　曾有人比喻過，人心的欲望正如很大的衣櫥，永遠都不夠放，而且永遠覺得衣櫥裡就是少件衣服。是啊！有了 A 一定要有 B，然後再加一個 C 也不嫌多，似乎永無止盡。但不知道為

何,我這小小的鉛筆盒卻裝滿了「剛剛好滿足」的體會。

是的,怎樣才能知道我需要多少東西?記得有一次參加國際會議,因為我對菸味過敏,無法住在原先為我安排那個看起來又大、又有名氣的豪華旅館,於是我被安排住在另外一間公務出差的商務旅館。一進入到房間,映入眼簾的是一條寬度僅供一人通過的走道,一張床鋪緊貼著牆壁及走道,床的盡頭放了張椅子,以及靠窗的長型書桌,桌下有小冰箱、除濕機與電熨斗,走道旁有一處可以掛衣服與放置行李的小空間。

浴室裡的衛浴設備,設置得「恰恰好」非常精準,只要每個動作準確,一定不會碰到自己。坐在椅子上,看著一個可以煮水的電水壺及一個鬧鐘,想著我從小到大從來沒有住過這麼小的房間,心想,接下來這幾天的生活我一定會過得不舒服。然而日子就這樣一天一天在出差工作中度過了,直到要回程時我才注意到,我需要的空間是不是和寄放的箱子一樣「恰恰好」就夠了?是的,就是「剛剛好滿足」就可以!原來生活可以環保一點、簡單一些,只是我常常忘了!

I-35
惜福的日子

　　從第一天的 18℃ 到 -18℃，這個月還真冷，怎知今天是 -45℃。有時下雪下得使人寸步難行，而天冷也冷到所有學校必須破天荒的停課兩天。

　　看著大家生存的毅力，足見人能忍耐及克服困難的能耐和決心。我真該惜福，能有這段日子與這裡的人相處，雖然無法真正瞭解當地人的感受，至少我清楚日子是可以選擇怎麼過的！

　　有時候自己很怕生病，一旦有些不舒服就很緊張。然而，在這嚴峻天冷的天氣裡，如何讓自己過得平安，真的才是能力，但願我會記住這樣有福氣的日子。

I-36
植物的生命力

　　洗衣台上的植物是出國前種的，想說有些綠色植物可以觀賞兼裝飾，應該不錯。只是這趟出國就三十天，我再怎麼惦記，也無法隔空為它們澆水。

　　有時候種了花草卻沒能好好照顧它們，內心真有些難過，但我真的無法一直陪在它們身邊。

　　回到家，只見花瓶裡的水幾乎見底，然而它們彷彿在等我回來，竟長出了根，而且每條根莖都充滿生命力。看見它們如此努力地生存，真的很感動，原來我的隔空思念竟然有效呢！

I-37
·······
離別

　　離別是酸的，不管在哪裡都是，尤其是要從一個熟悉的地方離開時。然而，到達目的地的心也是複雜的，即便是回家，也會想起當初離家時，那一剎那離別的心情，那酸酸的感覺從來不會被遺忘。

I-38
一朵黃色玫瑰花的溫暖

長這麼大第一次收到黃色的玫瑰花。以前常收到的，大多是粉紅色或紅色的玫瑰花。什麼時候容易收到花？大部分是節日，譬如：三八婦女節、母親節、情人節或生日；抑或在大學時，想認識我的朋友，送了我一束玫瑰花，有很多時候讓我非常感動，只是花朵的美麗，和可不可以跟他做朋友是兩回事。

年長以後，大部分是得了什麼獎賞，或真的有什麼特別值得慶祝的日子，才會收到花。當老師之後，在教師節也會意外收到花，每次也非常感動，有說不出的感觸。因為你愛每個學生，而一個班上這麼多孩子，你總有些來不及多愛一點的時候。但是，當你看到他們對你的愛時，你會覺得自己能當老師真是快樂。

今天進教室時看見一朵黃色的玫瑰花，它靜靜的跟一張卡片放在我上課教室的桌上，上面只有簡短幾句話：親愛的○○老師，祝你早日康復。就這麼幾句話，讓我非常感動！

這幾天我病得厲害，身體蠻難受的，常常有一些灰色的想法，但一想到好起來之後可以去上課，就能鼓勵自己打起精神來，好好保養，正面思考。雖然休息了一週，但還是沒有完全恢復，趁著精神已經有好些，就決定試著上課。上課時的聲音一定不夠好，但還是覺得能上多少是多少，免得耽誤了進度。沒有想

到今天進了教室，看了卡片和這朵黃色的玫瑰花，心中充滿了感恩和安慰，似乎也真鼓勵我要好好康復。真巧，今天剛好是感恩節，真的是一個很特別的一天！感謝上帝，派這麼多天使來安慰我、鼓勵我。

I-39
日常的溫暖

　　週六的早晨，廚房的灶台上正煮著玉米和蛋，搭配全麥麵包和一杯熱茶，組合出一份暖暖的早餐，甚是愜意又飽足。

　　隨意看了看網路，再查看一下電子郵件，處理一點公事，這樣大概花了一個鐘頭。而後翻了翻閒書，腦子裡想著今天有哪些事可做，接著想著準備午餐及晚餐的計畫。手拙的我恐怕煮不出什麼美食，午餐通常都是一碗麵配上青菜、小魚乾或是前一餐的外食剩菜；晚餐則是青菜加上魚。有些時候，大姐每週給的美食會成為我三餐中最重要的主角，而青菜也成了我最拿手的一道菜。

　　用完午餐，再看一下電子郵件和書，有心情的話會小睡一下，不然就是在洗衣及發呆之中度過週六的白天。到了晚上是比較積極的時段，因為深知自己週間的工作逃不掉，所以會很理性地準備週間該注意的事，最後配著 TuneIn 上古典音樂台的音樂，跟週六道聲晚安。

　　記事的今天是週四，因為春假的關係，我可以選擇如週六般的生活節奏，只不過來美訪問的我，休閒之餘仍得想想一些正事，教學或研究都好，這些都是在春假過後需要面對的事。這幾天我過著一如既往的生活，唯一的不同，是看著外面明明

是大太陽，卻無法隨意地出門。因為最近這三個星期最高溫大約 -18℃，而最低溫是 -30℃，不管穿了多厚的衣服，都無法抵擋外面的冷空氣太久，所以更不用想要到外面曬太陽了。

　　我就好像一件物品，本來放在 18℃ 或 20℃ 的室溫，然後被移置到一間 -18℃ 以下的偌大冷凍庫中。奇妙的是，我仍然能在當中享受溫暖而滿意的早餐，灶台依舊可以烹煮一天所需的食物，這麼多保溫的發明都是人類充滿智慧的結晶。然而，更難得的是，我們一群在這冷凍庫生活的人，見面時的眼神總是特別明亮和開心，大概是我們知道能擁有這樣的溫暖相遇是多麼地難能可貴啊！

I-40
想著

　　空無一人的房子，可以很精彩，也可以很孤單。不在意房子裡的坪數有多大，也不在意房子有多少房間，而是在心裡的位置。有什麼樣的人在心裡陪著你？有什麼樣的事在心裡糾纏著你？是熱鬧？還是滿足？

　　一個人在家，他的心若裝滿了喜樂，那麼他在這樣的房子裡是歡歡喜喜。如果他的心裡是空的，那麼他會發現世界這麼大、這麼精彩，他竟然那麼容易覺得孤單……。

　　今天下午難得給自己泡一杯茶，坐在餐桌邊，才發現原來我真的還滿孤單的。孤單地想著爸爸、想著媽媽；想著在這世界上跟我最親的你；想著這世界上我最捨不得誰；想著這世界上我最愛的是什麼？想著、想著，發現孤單竟然陪我好久。

I-41
睡不著

　　不知你是否有睡不著的經驗？左思右想就是無法入睡，要是明日還有重要的事情，催促自己的聲音就會更迫切。於是，躺在床上想著東，起身卻想著西，喝杯水又想南想北。理智一聲聲告訴自己睡吧！沒什麼事，實際上卻萬分清醒，十分疲憊。

　　最後決定起身，不繼續在床上翻來覆去，拿起案上的書，打開音樂，讓不安的自己好好等待黎明吧！沒過多久會出現兩個結果，一個是靜候的清晨陽光和你道早安；另一個是在不知不覺中打盹睡著。所以，睡不著這個困擾，無意間也成為了生活的一部分。

I-42
生日許願

　　小時候，幾乎每個人最喜歡的事，就是過生日，因為有蛋、豬腳麵、蛋糕，還有想得到跟想不到的禮物、卡片等。然後，為自己許下願望，期許未來。再長大一點，許願會變得更體貼一些，例如：第一個願望是給參與生日的人，第二個是為心中在乎的事，最後才是自己想要的。因為一生二，二生三，三生萬物，許三個願望也成了大家的常規。收到的禮物也會因不同時期及送的人而不同。有時候收到的禮物太過貴重有些壓力，有些時候禮物則貼心滿分，但是無論是哪個方式，過生日的人都是開心滿懷！

　　這次我的生日很特別，除了擁有家人滿滿的愛，我還收到兩個非常珍貴的禮物。高中同學先告訴我以前她和我母親見面，一起去看中醫的事。她說我母親很慈祥、很溫暖，尤其我母親對她說，很高興有她成為我的好朋友，還說相信日後我一定會成為一位好老師。聽到這裡，自己的眼淚都流了下來。母親好肯定我！好友說她最近常想起這件事，於是決定在我生日時，一定要告訴我有關我母親對我的盼望及期許。這真是一份溫暖的禮物！沒有想到今日已成為教師的我，有圓到母親的願望。當然，這個「好」字，得繼續努力！

　　另外一個特殊的生日禮物來自大姐。她說她印象最深刻的是一張相片，是我綁著馬尾，穿著白上衣、藍裙子的照片。那是我留學時，哥哥到美國出差，順道來看我時拍的。在通訊及電子軟體不發達的時代，沖洗出來的相片就是當時最即時的訊息。大姐說，父親一直指著照片說我看起來很好，他很放心。原來，我每週兩分五十秒^{（註）}的報平安電話，不及一張相片來得真實。她還說，父親總是對著這張相片一看再看才放心。

　　自己真的非常幸運和幸福，擁有父母親滿滿的愛。遺憾的是，父親生前終究沒有到美國一趟；我滿心期待能帶父親遊一遊校園的願望，只能在夢裡實現了。

　　如果生日許願真的可以傳達的話，我最重要的第三個願望是：**謝謝爸爸媽媽如此愛我，願你們永遠安康快樂。**

註：當時打國際電話三分鐘內最便宜，為了省錢留學生都打兩分五十秒。

I-43
一個相遇

　　下了飛機，過了海關，出了機場，看見三排長長的隊，原來要搭出租車的人這麼多，還好出租車來得很快又很多。不到半小時，我就坐上車了。司機是位女士，看起來微微發福、笑容滿面。我說：「請載我到清華大學。」她很高興的說：「行！」

　　她說：「姑娘從南方來，是吧！」

　　我內心還真佩服她聽出我從南方來。

　　我回答說：「是的。天氣真的好冷。」

　　她說：「今天算暖和了，前兩天窩在炕上都不想動呢！」

　　我說：「這麼說，我算幸運，而且今天空氣看來不錯，好像少了灰。」

　　「哦！不是這樣的，因為樹葉都掉了，看不見葉子上的灰。」她說：「姑娘妳真愛說笑！」

　　我說：「我是認真的，因為上次夏天來時，見了樹上的葉子都是灰，真想一片片、一葉葉幫它們洗澡。」

　　她笑著回答說：「北方就是如此，我們習慣了。」

　　我說：「請問一下，若有遊客來這，妳會推薦去哪裡走走？」

　　她說：「這幾天葛優葛大爺的戲正熱著，有空不妨看看去。」

　　我說：「您說的是電影？」

她說：「是的，要不就去鳥巢附近的水立方公園、頤和園什麼的。」

我說：「若是想聽京劇呢？」

她說：「看京劇，倒是可去梅蘭芳歌劇院，那裡挺好的。」

我說：「謝謝妳啊！」

突然，電話聲響了。女司機說：「妳可以去我家拿書，我小孩肯定在家。」掛了電話，女司機她又撥了一通電話，說：「大寶，你現在在哪兒？小姨要過來拿書，你待會兒拿給她哦！」掛了電話，安靜了一會兒。

我說：「妳有幾個小孩？多大了？」

她說：「三個，哈哈。」

我說：「三個？不是都只能生一個嗎？不好意思這樣問妳，希望沒有失禮。」

她說：「沒關係，唉！說來話長，反正離清華還有一段路，我就說說。原來家鄉鄰居有個大哥，結婚了，太太生了小孩就難產過世，這位阿哥又不小心做了壞事，一判就要關十年，可憐這個娃沒了娘又沒了爹照顧。我父母就把這個娃兒抱回來養，直到一歲了，中間也去牢裡跟這位阿哥報平安。話說這位阿哥要關十年，他心想，要不孩子送人或送去孤兒院，免得打擾我們家。所以，我老爹一直找人認養，我呢！也在上班地方，專找結婚沒小孩的夫妻。」

我說：「應該容易找吧！」

她說：「那倒不一定，可不就等到了一對夫妻，他們說要了，最後又反悔了。擱著、擱著，我父母想把娃兒送孤兒院去。

我心一想，倒不如把這娃兒當成我兒子算了吧！儘管我還沒結婚，我父母也同意，反倒是我相戀的男朋友，有一點猶豫。不過相處久了，我男朋友及他的家人也挺喜歡這娃兒，於是我和我男朋友說好了就養他，結婚後再也不生其他娃兒了。」

我說：「真的好感人啊！妳真勇敢，而且妳先生真愛妳呢！」

她說：「說的也是！不過後來他反悔了，說什麼也要生個我們兩個人的娃兒。我怎麼也不肯，想是怕自己日後有了私心。」

我說：「哦！唔……」

她說：「哪知我先生真要個娃兒，我就說要不我們離婚。這一吵，婚還沒離，我先搬回家住了，心想這男人真是不守信用！真的很生氣呀！」

我說：「妳可要體諒他，他可能是一時沒有想清楚。」

她說：「那倒是！沒想一回娘家，每天我病著，成天不舒服，看了幾回家醫（村中略懂一點醫術的老人），吃了藥沒好，整天無法做事。大寶呢！每天還安慰我說要陪媽媽，要照顧媽媽，不怕爸爸不要媽媽，要媽媽不要哭。每天大寶還一直鬧他爹說，要他來帶我回去。」

我說：「這孩子真貼心啊！」

突然電話又響了，她專心講電話，而我心裡卻一直掛著她先生有沒有來接她回去。過了一會兒，女司機掛了電話跟我說，大寶打來的，問今天她幾點回家。

她說：「對了！剛剛我說到哪兒。」

我說：「妳家的大寶貼心地一直鬧他爹來接妳。」

她說：「是啊！他越貼心我就越氣我家那口子。簡直不可理喻！」

我說：「有沒有因為妳病了，妳先生的態度轉變了。」

她說：「哪兒話，幾乎越吵越兇，都已經快要去律師樓簽字離婚了。」

我說：「那妳後來病好了嗎？」

她說：「實在病太久了，幾乎快三個月了，鄉下裡略懂一點醫術的家醫，都不敢再給我開藥了。」

我說：「太危險了，應該趕緊看醫生啊！」

她說：「是啊！有位家醫最後也無奈的說：『阿美，去趟醫院看看吧！』我心想，婚都快離了，我一點指望都沒有了，要不是看著大寶那麼可愛，又心向著我，總得撐著點，是吧！」

我說：「妳真堅強，實在太辛苦了。」

她說：「哪兒話，不就認命唄！最後病得實在太難熬了。我父親就帶著我上醫院，我母親與大寶兩人一起去跟我家的男人捎個信，好歹他也該來看看我。」

我說：「那他來了嗎？」

她說：「唉呦！他這人雖然嘴巴硬，聽了我去了醫院，他那心一揪，也甭管面子問題，人倒是來了」。

我說：「那真是太好了！」

她說：「可是我的病呢！可把我煩透了，排了很長隊伍啊！覺得快折騰得不行啦！醫生終於來了，他看了又看，瞪著眼，唉呦！我父親一看醫生的表情都快暈過去啦！」

我說：「怎麼了，好危險吧！」

她說：「醫生說：『太太啊！恭喜妳，妳懷孕啦，而且是雙胞胎啊！』」

我說:「天啊!多幸福!怎麼這麼有趣!」

她說:「是啊!我家的男人直奔來看我,嘴裡直滴咕說只要有我就好了。我直說他肯定是想那兩個娃兒了,不過他大喊冤枉,因為來看我之前,他不知有雙胞胎的事。」

我說:「太美了,真的好感動!因為這雙胞胎不願意讓你們分開啊!真是太美妙了。妳這雙胞胎真是個寶貝!」

她說:「說的也是,太美滿了。不過啊!前兩年我可有苦吃啊!」

我說::「怎麼了,孩子不乖?惹妳生氣啊!」

她說:「那倒沒有,大寶啊!就像我親生的一樣,跟我親。他功課好,常常還帶兩位雙胞胎弟弟做功課,幫忙姥姥、爺爺做粗活。」

我說:「妳的命真好。」

她說:「可不!哪知有一天大寶不知怎麼發現,我與我先生結婚的日子,他這一數,不就知道他是在我結婚前生的。」

我說:「所以他從來不知道,他是被抱來養的?」

她說:「是啊!本來就是只想養他呀!壓根兒沒想告訴他,只是他這心眼一直擺在心裡,一直沒有說。也真難為他,苦了我。那兩年他就是不跟我說話,怎麼做他就是不理我,他爹、他爺爺說他都沒有用!我哪!一點也不明白怎麼回事,直想這麼愛黏我的孩子,怎麼突然像個陌生人,夜裡想起,自個兒都掉眼淚,也不知這孩子受什麼委屈,有這麼大的反應。」

我說:「妳先生沒試著與他溝通、溝通?」

她說:「哎呀!他在外工作,回家次數不是那麼勤,每次看

到這種情形，他直說大寶是青春少年期，肯定彆扭的不知所措吧？要做娘的我學會寬心。」

我說：「那妳怎麼想？」

她說：「沒法子，只能盡量暗地裡關心他。不過大寶也會關心我，每回我開車回來晚了，灶台上會留熱湯給我，不過就是不說話，不承認我。我實在不明白怎麼回事？」

我說：「後來呢？」

她說：「有一天，大寶見他爹買了個結婚紀念手環給我，全家開開心心吃飯。就在全家特開心的時候，大寶卻大聲對他爹說：『這麼不好的女人你為什麼要娶她？為什麼你要愛她？她怎麼可以先跟別人生孩子再跟你結婚！我肯定不是你跟她生的，我跟你們長得太不一樣。』這會兒他將所有委屈全說露出來，全身發抖，一直哭，像個娃兒。」

我說：「怎麼辦呀？怎麼辦呢？他發現了。」

她說：「我家那口子，愣了半天。我呢！這回才弄明白，這兩年大寶不跟我說話的原因，我家那口子就娓娓道來，那一年……哦！大寶啊！你的娘可不是這樣的呀！為了你，你娘還要跟我離婚哪！」

說著、說著，這位女司機的聲音有點不清楚而且哽咽。

這時候我們都安靜了一會兒。

我說：「這真是太感人了……（不知該說什麼）。我覺得真幸運能搭上妳的車……（得想想說些別的話題）。我很少看到女司機，妳好認真哦！」

她說：「哪兒的話，不怕妳見笑，要養三個娃兒，我和我先

生得更加勤快些，雖辛苦點，不過日子過得還可以。」

　　我說：「話是如此，不過我發現好像每個人都很開心，我真覺得大家的笑容很多。」

　　她說：「哎呀！姑娘，您不知道，日子是苦了點，咱們要是能開心過日子，總比不開心好，您說是吧？」

　　我說：「妳真不簡單，大家日子都過的不容易，每天早出晚歸的不停工作，妳還能這麼樂觀。」

　　她說：「您這就見笑了，我們是『窮開心』，您聽說過吧？窮開心！」

　　我說：「這麼說能開心就是富囉！所以說『窮開心』還挺讓人開心的！」

　　她說：「哈！哈！啊！好快呀！下一個路口清華就到了。」

　　我說：「謝謝妳，今天真是個美好的相遇，真開心，再次謝謝妳。」

　　她說：「哪裡，哪裡，您別客氣，有空好好到附近走走，再會！」

　　我下了出租車，進了旅館，不知怎麼自己覺得身上好溫暖，也許是真情的溫度，讓我忘了溫度表上出現的數目「3℃」。

I-44
德生的爹

「你好，請問是德生的父親嗎？」

「嘿！是的，您哪位啊？」

「這裡是北京大學學校醫院。」

「唉呦！德生怎麼了？快說，快說……」

「您先別急，讓我慢慢告訴您。事情是這樣的，您家德生，昨晚在實驗室做實驗時，手不小心沾染了一些化學藥品，左手受傷嚴重，基本處理已經完成，現在打算送到韓國植皮。」

「啊！那他好嗎？怎麼會這樣？唔！我的天啊！我的寶貝啊！」

「伯父您先別急，一切進行的還順利，而且不會影響德生日後的生活，植皮成功後一定看不出來的。」

「唔！唔！嗯！嗯！那麼你打這電話是為什麼？還有德生呢？」

「是這樣子的，伯父，現在呢德生已經送往韓國的路上，我們校方也安排隨行人員陪伴他。」

「那你的意思是要我寄錢過去，是嗎？」

「不是的伯父，德生的受傷是公務性質，所有的費用將由我們完全支付，包括日後的復健費用。今天電話通知您的主要目

的，是看看您家人是否有人要去韓國看德生，並且告訴您狀況。唯在韓國期間，您要自己付自己的費用，醫院資料我等一會兒傳給您。」

「哦！好的，謝謝你。」

「不客氣，我們應該做的，何況德生可是我們團隊裡最優秀的組員，您真的費心栽培他了，再會。」

「哦！哦！嗯！嗯！再會。」

德生父親掛了電話，不禁嚎啕大哭。

「唉唷！我的德生啊！」

簡陋的客廳裡，只剩時鐘的滴答聲，德生的父親看著買完菜進門的老婆，長嘆一聲，不知怎麼辦。

老婆開口問：「怎麼了，不去開計程車，是不是人不舒服？」

德生父親紅著眼眶說：「德生出事了，我們可以去韓國陪他，只是我們怎麼去？機票費怎麼付呢？」

「沒事吧！我們要不去借一點錢，看孩子要緊。」

「唉唷！老伴，這一去得待上半年，我們哪裡承受得起呢？」

「這不是急死人，是不？嗯……」

「別哭了，要相信吉人自有天相，看唄！德生不是長到二十八了啊！學校說了，我們可以去陪陪他，不能去也無妨，他們已派人陪他了。我們就忍一忍，先打電話看看情形好不？」

「嗯！是的，是的，當初有了他，我都說得生、得生，報戶口不識字的我，哪知道得生及德生的不同。可不是，德生不僅得生，還讀了好書，做了不少貼心事。上回回來還一直跟我說，再過兩年賺了錢，不再讓德生爹工作了。說來還真是安慰。」

　　在貧困的農村裡，誰也沒機會上學認字，大家都認命的看天吃飯；偶爾聽見有人認得字，覺得比中彩券還要難。農村裡，大家都覺得每一天就如一輩子，一輩子也像一天一般的過。

　　農村裡大概就是跟著四季的變化農耕、農作，一輩子的指望就是餵飽肚子。德生的爹在農村的生活也沒有不同，跟著爹娘做農活，日出而作、日落而息。到了十六歲那年，聽到可以從軍，爹娘想這樣家裡可以少一口飯，而且好歹有點收入，德生爹就很快的去從軍來到深圳。德生爹一開始離家很不習慣吃的，因為河南都吃麵食、重口味，到了南方要吃飯，真是不慣。不過，德生爹倒是很喜歡軍中的生活，這是他第一次有機會認字，長官看他勤快，多少教了他一些；同來從軍的人大多抱怨軍中生活太苦了，期限一到都迫不急待的退伍離去。

　　只有德生爹覺得，軍中的工作遠比看天吃飯的家中生活好太多了，還自願多留幾年，字也多認識了不少，這樣學認字的成果一回老家，可是非常風光的呢！

　　德生爹在軍中待了十二年才退伍，政府單位在河南周口給他安排了一份很好又安定的工作。整個農村都覺得好有面子，德生爹也覺得高興，可以多幫助家中狀況。不久，德生爹結婚了，生了大寶，家裡一家三口加上這份安定的工作，生活得舒適又快樂。德生爹總覺得軍中十二年的學習，對他的生活實在幫助很大，尤其安排到好的公務單位，可以用到他認字的專長，也幫家裡處理不少難事。

　　哪知有天德生娘哭著告訴德生爹她懷孕了。這下怎麼辦？家中已經有大寶了，政府實施一胎制，不能生第二胎，尤其公務人

員更不允許生第二個小孩。如果違反，不但要罰錢，還會丟了工作，一輩子再也不能任公職。這代表生活沒了保障，原來所有的，以及將來退休後的好處，都會全部歸零。

　　整個村人都趕來說甭生了，這個代價太大了，反正大夥都生一個，德生爹好好的工作怎麼可以不要呢！

　　夜裡，德生爹和德生娘商量著，家裡多少有些積蓄，可以繳罰款，工作也可以另外找或再做農活。他們認為，孩子想來做他們的小孩，如果去打掉孩子，實在不忍心。於是，他們決定這個小孩一定得生，而且就叫「得生」。熟知德生生了下來，而村裡農作一直不好又工作難找，什麼都沒有的德生爹想起了深圳，便和德生娘商量到深圳奮鬥，而且為了不讓德生在農村裡被其他小孩指指點點，他們決定帶上德生，大寶則先給爹娘照顧。

　　出發那天看著大寶大哭的樣子，德生爹心好疼，但是為了這個家，德生爹只好不顧一切往前。然而，許多事想的和事實有很大的差距，德生爹在失去公職後，一切穩定的收入沒了，朋友也一一離去，大家日子不是太苦，就是有苦衷，實在伸不出手來幫忙。這時候德生爹才知道大夥要他甭生甭生的道理，夜裡在待過十二年的深圳城市裡大大哭了一場。德生娘則一直安慰他，日子一定挺得過去，不要怕，一定要同心，孩子她會好好帶，並且幫人洗衣貼補，他儘管安心去找工作。

　　然而，工作是一個月有，半個月喝西北風。都是農田的深圳，德生爹除了待過的部隊，實在一無所知。但不管日子多苦，每次回家一看到德生可愛的模樣，他就覺得有希望。後來，德生爹找到一份長工的工作，每天大約工作十二小時，收入也夠維持

生活，還可以有餘錢供鄉下父母及大寶。

雖然大寶交給爺爺奶奶照顧，但德生爹還是心心念念接大寶來深圳，好讓一家團聚。好不容易，德生上了幼兒園，每個月多攢了點錢，想著大概可以不用租房子，只要付了首付買個小平方米的房子，一家四口應該可以過。誰知家裡兩老突然重病，一下子房子首付就沒了，只好重頭存錢。

大寶接來後，生活負擔更重，不過德生爹娘覺得為了小孩一切都值得。大寶上小學，一切看來還行，反正農村小孩本來資質就不太好，德生爹倒也不強求大寶的課業，只要識了些字就好。沒過幾年，德生也上小學了，說來奇怪，德生課業很好，每個老師都說他是很好的孩子。德生爹還真半信半疑，他覺得農村小孩大概是有遺傳的，就是笨，而且書念不好，哪知德生這孩子卻不一樣。

所以，日子再辛苦，德生爹心裡還是很安慰，只是想買房的心願一直放在心裡。每次存到首付，就發現首付又漲了，從一平方米一千元到兩千五百元，漲到了七千元，工資卻沒怎麼漲。深圳已成為重點城市，老百姓存的錢永遠趕不及房價飛漲，如今的深圳房，也來到十萬元一平方米。而房子的租金也從一個月一百七十元，漲到六千元，德生爹說買房子似乎是個無法觸及也不敢想的白日夢了。

時間這麼快的過去，大寶也成家在深圳做工了，大夥多了人幫忙，也多了幾口要吃飯。倒是德生一路讀書，竟然已經是北京大學博士生了，而且是負責最前端科技的研發，德生爹也因家計的需要，從早期在晚上當業餘的計程車司機，到現在的全職計程

車司機。因為城市發展，計程車的需求也更大了，德生爹就當了近二十年的計程車司機。每逢看到老鄉，他總不忘說上兩句：「嘿！農村孩子是可以讀書的，沒想到吧！是該高興一下，不過不可以驕傲，嘿！」

電話聲響了，「啊！德生啊！你怎麼樣了，爹和娘都想死你了。只怪爹爹不爭氣，籌不夠錢去韓國看你，嗚嗚……」

「爸爸您別難過，我一切都沒事，皮膚過一陣子就會好的，醫生說了，以後看起來會像原來的一樣。」

「喔！那就好。你要好好休息，不要擔心錢，我和你媽會多賺些錢，你的哥哥也會晚上兼差去接代駕幫忙賺錢，不要擔心。」

「爸爸您放心，再過兩年就不要您開計程車了。我也會分到房子，我們一家就會有房子了，我們會像您以前的公職老朋友一樣，有房子了，真的！」

「嗯！嗯！嗯！好！好……。」

～暑天裡記一段感人的父愛

I-45
美國的月亮

　　小馮和小如是一對目不識丁的農村夫妻，因著農村改造、城市規劃，他們每個月可以將政府分給他們的兩套房租出去，自己還能有一間深圳城裡的房子住，每天不用工作都有錢，日子是快活無憂。

　　兩人生了兩個小男孩，又白又壯，一家四口整天吃吃喝喝沒煩惱。深圳發展越快，房子租金越貴，他們收入就越好，小馮和小如也看不出自己有什麼不滿意的。直到有個房子租了一對從國外工作回來的夫妻，他們也養了一對兒女，看他們文質彬彬，小孩又機靈，沒事就看看書、做做事。相較之下，小馮和小如開始羨慕起他們一家，加上兩家小孩年紀相仿，很快就玩在一起了。

　　小馮和小如看見自己小孩和自己一樣，好像毫無長進，完全沒有學習的成果。兩個目不識丁的人，見了自己的孩子和別人差別那麼大，每個月豐碩的收入不再滿足他們的心，他們決定向街坊打聽，如何讓孩子學習有效率。

　　正巧碰見了一位仲介，大力介紹如何移民美國，如何讓自己的小孩有好的出息。小馮和小如心想，投資移民太容易了，他們有的就是錢，尤其可以讓他們這樣目不識丁的人教出有成就的小孩，可不是有面子多了！因此，他們做了一個永無回頭的打算，

就是出售所有房子，毫無顧忌的辦投資移民。他們的人生美夢就是：賣了房子，繳了投資移民金，然後孩子應該就成功了！

到了美國，果真是月亮比較圓，仲介也幫他們安排買房、買車，以及辦身分。小馮和小如心想，這下孩子可以有好的環境安心學習了。為了有朋友，他們參加了教會活動。在教會中，許多人很羨慕他們不用工作的日子，好像他們有用不完的錢似的。哪知才過了一年，他們倆就不怎麼出門，因為美國的基本花費實在是太大了。每年的房屋稅，再加上小孩的學習費和參加社團活動的費用，零零總總的花費，唉呦！準備要喝西北風了！

他們看著小孩一天天的變化及成長，回到家還一直說著 ABC，逼得原本不識字的小馮和小如也硬著頭皮學了一點ABC。可是目不識丁的小馮和小如連中文都不太會寫，英文又怎麼行呢？眼前兩人是中國回不去，美國也快無法待了。

他們後來沒去教會，教會的朋友都在問，那對人人稱羨的夫妻為什麼不見了？正巧有位教會的朋友來探望他們，這一探望才知道事情真是嚴重了，他們真的沒錢了。如果現在沒有再多撐五年，當初投資美國的移民金就無法歸還給他們。這是說給誰聽，誰都不敢相信的事實，而且會發生這事，就單單只是為了孩子啊！

好在他們都還有身分，只是不太會寫中文，又不懂英文，那可怎麼辦呢？他們原本無法應聘工作，還好剛好有個餐館需要一位端菜員，於是小如就去應聘，一星期上班三天。因為環境的關係，逼得小如工作分外賣力；老闆看她工作勤奮，過不久就讓她做全天的工作。

　　小如工作時，有些客人點了太多東西，有些菜連碰都沒有碰，這時小如可開心了，因為老闆允許她把這些菜打包回家。這樣一來，不僅生活有些收入，連吃飯的錢或多或少都可以省一些。有時她打包回家的食物還是很貴的呢！所以家中兩個小孩已經養得又白又胖。但是，光靠小如這份工作，還是不夠供小孩讀大學。最後，有人介紹小馮去當機場接送員。因為語言能力的關係，小馮都接華人的生意，反正在加州華人很多，就算不會說英文也沒關係，可以直接說中文；而也因為小馮會說中文，許多華人都喜歡讓他接送，他和小如的工作與收入就這麼定了下來。

　　一日，小馮在機場接了當初租他家房子的房客，他一路訴說著帶妻小來到美國的故事。說著說著，車子前面剛好可以看到一輪明月，小馮大聲的說：「真的！美國的月亮比較圓，你說是不？」房客說：「當然不是，是你的夢想比較圓啊！」

I-46
安生

　　梁實秋先生曾說過：如果你想一天不安生，那麼就找一天請客吃飯；如果你想一年不安生，那麼就開始造房子；如果你想一輩子不安生，那麼就娶一個小老婆。

　　當初看到這段話，一時之間，我似乎很難以理解梁先生所言的意境，怎樣稱為「不安生」呢？直至近日家中經歷一場窗戶翻修的大工程，這才讓我深刻領悟了什麼叫做「不安生」。

　　這次社區決定要換窗戶這項工程大約需要耗費三個月的時間，因為是更換家中所有的窗戶，所以從窗框安裝到粉刷牆壁，乃至窗簾裝飾等，每項獨立的做工形成了繁瑣的程序。例如：拆下原有的窗戶後，家裡面便灰塵飄散，在窗簾尚未裝好前每天一早都是由太陽公公來道早安，讓人沒有辦法有一絲絲賴床的理由。

　　新窗戶送到後，就要開始油漆窗台而防水漆及一些特定漆的氣味真讓人眼睛發澀、打噴嚏和鼻水直流，即便用了最強的「洋蔥泡鹽水」來緩解過敏的氣味，仍然讓人淚流不止，最後只好用空氣噴霧劑和蠟燭的幫忙。

　　等到油漆味不再如此刺鼻，窗簾也送來了，等著工人將窗簾安裝好後，此刻我的心裡才有了安全感，頓時想起梁實秋先生的這一席話：安生的祕訣。

　　是的，我們每一個人都渴望有個安定的生活，縱然工作和課業很繁忙，但只要有個能讓心靈安定的地方，便可以安心的做事。

　　正如學生求學時，師長總諫勸我們要立志專心，不可三心二意，選了課卻常常翹掉課，而且不規劃時間，所以大學四年都將不安生。

　　這次窗戶翻修的經驗對於人需要安定的感覺真的很有體會，它著實給了我一個很好的提醒。雖說換窗戶的期間帶來許多不便，但能每天一大早被太陽公公叫醒，大概是這段不安生的日子裡，覺得最溫暖的事情！

I-47
童年的季節

　　與剛從美國回來的老師聚完餐後，我們邊走邊聊起橘子的顏色，或者是說柿子紅了的顏色，它代表了秋天，它是一個豐收的季節和收割的記號。我說秋天是一個充滿想念的和豐收的日子，老師說對她而言充滿想念的季節是春天，但沒過一會兒她更正答案，說是絲瓜的黃色花朵盛開的時候，那才是她真正覺得充滿想念的季節。

　　在美國待了近五十年的老師說出這席話讓我感到很驚訝，一來在美國根本很難能種絲瓜，二來是離家這麼久的她，最想念的竟是小時候她的母親在窗前栽種的絲瓜，長長的藤爬滿亭子，盼到了黃花開了，就知道這絲瓜快要長出來了，盼著盼著，長長的絲瓜熟了，不管是清炒或煮湯都是滿滿的甘甜味，而剩下來不及吃而茂盛的絲瓜，最後則是拿去曬乾，去了籽做成絲瓜布，成為她母親每日清洗鍋碗瓢盆的好工具。

　　聽著老師訴說起自己的回憶，也勾起了我兒時的記憶，過去的情景一幕幕浮現在眼前，那熟悉的黃色絲瓜花在記憶中依舊鮮明，也許，我沒有如同老師她近五十年的鄉愁，但這樣的黃色絲瓜花也讓我想念起我的母親。

　　我說我的母親她也常常在自家院子栽種絲瓜及一些蔬菜，當

時的我連一個簡單的菜名都不認識也叫不出來，唯獨蔬菜的顏色讓我記憶深刻，並也另外替它們取了名字，例如茄子就像是紫色的髮飾，紅蘿蔔形狀酷似紅色的冰淇淋，四季豆猶如青色的小蝴蝶結。

　　最特別的是每到暑假，坐在院子看著從學校借來的小說，忘了是三毛、琦君還是林語堂，文章雖精彩，然因炎夏的氣候，總是讀沒多久就睡著了，最後吵醒我的是那叫聲似乎可以把天叫破的蟬鳴，牠們的叫聲是一點安靜感都沒有的音符，可真也奇怪，自己常常可以在這種炎熱吵鬧的情境中香甜的打瞌睡。暑假在家除了看書，就是看院子的花和蔬菜，說實在頗無聊的，但也並不是完全沒有味道，如今想起來，鏗鏘有力的蟬鳴聲其實是挺有朝氣的！老師說我真的有一個令人羨慕的快樂暑假，正當我們要穿過馬路時，老師與我同時看見路口邊上的攤位上擺著一排的絲瓜，這一幕讓我們不約而同地笑了，今天真的是想念童年的季節。

I-48
刻在手心上

　　不知你是否曾有將文字或數字寫在自己手心上的經驗？

　　在愛情的電影中偶爾出現這樣的情節：將喜歡的人名字寫在手心上，或是將電話號碼留在手心為了能有機會聯絡彼此，藉著這樣的方式，雙方從認識交往進而戀愛，這樣夢幻浪漫的情境不知羨煞了多少人，但是不管結果如何，這種方式確實達成了傳達及表白的目的，所以這個動作無論看起來或聽起來總是能打動人心。

　　但當我第一次看到一位男生將他的名字和電話寫在他的手心上，並且希望透過這個方式讓我認識他的時候，我覺得非常尷尬而且感到不安，頓時完全無法體會電影中的浪漫氛圍。

　　然而今天在匆忙之際我急需記住一個聯絡訊息，一時之間不知道該將訊息記在何處時，突然發現自己的手掌心是個最好的地方。於是我很認真地一筆一劃在手心上記下訊息。等我回到家看著手中的資料才明白寫在手心的溫暖及功用，也明白為什麼有人要將愛的話語寫於手心，因為那是一筆一劃用心刻寫出來的，另外一方面除非你刻意用清潔劑努力將它洗掉，不然這些文字在一段時間內總會不經意再次映入你的眼簾。同時每一次看它一眼你就會有說不出來的感觸和體會，所以原來所謂的浪漫滿屋還真的是將你的名字刻在手心上。

I-49
失眠的夜晚

　　昨夜我無法入眠。原因是我看了一本書，內容是令人傷了心的故事，所以我無法讓一顆傷心的心去睡覺。我真的忘記年少時的自己為什麼可以在傷心的時候仍然那麼有把握的安心地睡覺去，有時候還可以透過做夢去改變那個令人傷心的故事，一旦所有傷心的情節在夢裡有了圓滿，一覺醒來就開心的不得了！怎料年長了才明白要讓感動和傷心的心情能夠平息是多麼需要智慧。

I-50
長大

火車上一對母女因為她們的對話引起了我的注意，我好奇地抬起頭看她們，發現這位母親帶著兩個小孩，年齡較小的被母親抱在懷裡，另一位小女孩則坐在旁邊。

只見這位母親嘴裡不停叮嚀著小女孩，說著：「等一下妳必須自己下車，還有我不能牽妳，如果妹妹哭了就要拿東西給她玩、安撫她，等一下如果來不及妳就得先做什麼……等等」，好長的一段叮嚀就這樣不厭其煩地對著她的小女孩說著……。似乎這位小女孩將會成為一位好幫手。

我猜這位小女孩可能才四、五歲，孰不知她已經要學著幫母親照顧妹妹和自己了，如果她的記憶可以很早，那麼在一、兩年前，她也是她母親手中、口中那位需要細心呵護的寶貝，看著小女孩滿眼的委屈及她嘴裡嗯嗯聲的模樣，真的是長大的開始……。

I-51
跟悲傷說 Hi

　　一天中午，好久不見的一群朋友聚在餐廳，開始一直聊，有人先談時事，有人聊現在最熱門的新聞話題。在餐廳的各角落談著不同的主題，飯後終於有些人先離去了。其中有些人留下捨不得，有些人留下他的神氣……，而依依不捨的仍然在位子上和朋友聊著。也許是好久不見，所以話題總是不缺主角，不知什麼時候開始，有人開始熱淚盈眶，有人需要一點面紙，當然有人需要去一下化妝室舒緩一下情緒。頓時發現，原來我們是可以和悲傷說聲 Hi 的。例如想念的父母親或是擔心在外的小孩，甚至是已經離開一些時日的同伴或是配偶。

　　其中也有人每天以淚洗面的等待自己叛逆小孩回頭的辛酸和害怕。思念、擔心，甚至是想著已經離去的親友，這些種種事情真的令人很悲傷，而悲傷又無法用一個 OK 貼棒或是創口貼敷著就會好，它真的需要時間等待著癒合、修護和新生。

　　因為愛和思念總會不定期地常常浮現在我們的生活裡，因此內心就會情不自禁地悲傷起來……，然而就在這樣的午後有個奇妙的發現：人若願意跟悲傷說 Hi 的時候，有種不知名的力量會讓悲傷的人變得勇敢之外，還讓人變得更懂得愛並且知道如何等待和重生。因此在黃昏的時候，這群有跟悲傷說 Hi 的朋友們就在那天找到愛的歸宿及陪伴的幸福。

I-52
怎是個鄉愁？

記得在美國念書時，有些時候會非常想聽一首中文的歌曲，儘管有時只是嘴巴輕輕哼哼幾句，想家的心情就是得了安慰。有人說不管在哪裡，人總是偶爾會思念自己的母語，所以出門在外的遊子總有莫名想念自己母語的時候。因此如果每天生活在講外語的地方偶爾能夠聽到一首母語的歌曲，真的很有治療思鄉的作用！

然而很特別的今天，我竟然很想聽英文，而且是一連串的英文，一個完全不要被干擾的英文環境。因此我就讓自己一整天好好的聽英文廣播，並且播一場英文電影，讓自己好像待在國外的氛圍，奇妙的是心靈上也有一種被安慰的感覺。事實上英文並不是我的母語，但是今天的情緒，卻讓我發現不知道從什麼時候開始，在我的想念的本子裡多了英文的元素，難道是我想念留學時候的感覺？還是因為我有了什麼習慣或牽掛？經歷了今天的療癒，想著這樣的情緒怎是個鄉愁？

I-53
在高鐵上的心情

　　今早去搭高鐵，坐在身邊的是一對母女，女兒大概是幼兒園小班的年紀，非常喜歡說話，坐在身邊的我真覺得有一點受不了，但是聽她母親和她的對話又覺得她的媽媽好溫柔。所以就說服自己試著享受這樣的溫暖吧！小女孩說著說著又吵了起來，我拿起的書看了又看，說真的心裡是被她打擾的。後來她的母親說：喝完養樂多才可以說話，沒有想到這位小女孩真的就開始非常專心地喝她的養樂多！一直到喝完了她才開始說話，終於真的可以安靜一點了！一會兒她母親抱著她在懷裡她又烏壓壓地說了很多話，說真的有一點吵，但是她的媽媽真的非常有耐心地教她，我看了一下坐在周圍的人都一直在看手上手機的影片及資訊，好像完全沒有被這位小女孩影響似的，真是佩服他們！我想我也要努力一下不要受她的影響好好看我的書了……。

　　突然之間她喊一聲很大聲：哇！彩虹，好漂亮的彩虹！頓時整個車廂的人全部動了起來，幾乎全部都往窗外看。是啊！是個好大好大的彩虹，大家都好興奮！好像一下子大家都回到大自然似的，我完全忘記剛才這位小女孩吵鬧的聲音，看著大家滿意的表情，突然覺得真該謝謝這位小女孩讓我們放下手邊的工作，看到窗戶外面漂亮的彩虹！這似乎也提醒了我們，有了手機之後好

像常常忘了看看窗外的世界，雖說這位小女孩有些活潑好動，然
而因為她的提醒讓我發現連天空的雲朵都正在跳舞呢！

I-54
畢業

　　每次到了畢業季，老師們除了忙著學生論文之外，最忙的項目之一是拍照。好多學生不只要在校園的每一個角落拍照，授過課的老師也要拍，所以呢！畢業的熱鬧堪比聖誕夜一般，歡喜快樂！

　　小時候對畢業的印象是又要往前一個階段前進了。例如幼兒園畢業了，就上小學，小學畢業了就上中學，然後大學、研究所。那時候我很喜歡畢業典禮，因為有獎狀還有禮物。所以對「畢業」二字除了一點點離情依依之外，還蠻開心的！

　　然而我竟然在修習博士的時候，第一次感到畢業的不安。因為我不知要往前到哪一個階段？當時我真的有點害怕。當研究生時，最大的願望是能夠將博士論文完成，但是這不是希望就可以做到的。我很感激我的指導教授的幫助及訓練。每次當我課業上有困難時，老師總是說：「自己要好好坐下來想一想。」當下真的蠻有挫折感的。然而老師的身教讓我知道，他要訓練我獨立，訓練我有判斷力。在諸多困難中，雖然他沒有多說什麼，但是他讓我知道他會一直陪著我們這群學生。例如他會鼓勵我們參加 Summer School（暑期學校）及參加許多研討會，並與學者互動。平時有機會一起用午餐的時候，更可以學習到老師如何與其

他學者相處及討論數學的態度。雖然老師和我們學生們互動的時候話不多，但是他的行為卻能讓我們知道，他關心的不只是我們的功課而已。

記得那天我完成定理證明，跑去他辦公室再次和他確認時，他很開心告訴我說：「很好，定理證明是對的，妳可以畢業了，恭喜！」我忘了我是怎麼走出他的辦公室？因為本來我很興奮的將定理證明完成，但是聽到「可以畢業」時卻有些落寞，記得我在數學系大樓的樓梯間一直掉眼淚。因為我不知道博士畢業的下一步是什麼？我憂愁的並不是找工作，而是從小到大知道只要一畢業就有下一個階段的「讀書去」。但是現在呢？當然這種落寞感沒有在我心裡待太久，因為我想到老師就是最好的榜樣，我非常感激老師對我的用心和教導！

時至今日，當我告訴我指導的學生：「你可以畢業了。」的時候，也一再提醒自己，是的，不論在哪一個階段，我們是可以一直進步，一直往前的啊！畢業真的不是結束，而是美好的開始！

II
一切平安

II-1

一切平安

好像花了許多時間來準備出國研究進修，從寫研究計畫開始就一直盼望可以成行，好不容易終於在 12 月初公布計畫通過的消息，所以一下子我得加快速度和美國學校聯絡訪問的事宜，並且申請 J1（交換訪問學者）的簽證。填了長長的申請表格後，又是一個漫長等待的日子。

好不容易 International Office（大學辦理國際學生和訪問學者的行政單位）送來了 DS2019 表格，但只有電子版，為了到 AIT（美國在台協會）辦理簽證，需要等正式 DS2019 的紙本，由於填學校申請表格時只填了學校總機電話並未留下分機號碼，因此從美國寄來的文件就延遲了一下。加上碰到新年假期的到來，可以預約辦理簽證的時間相對的少，中間除了新年假期，還有日本之行，怎知又來了疫情，頓時發現整個人身處在一個恐怖不安的情緒中，有非常多天都是心神不寧。真的無法想像世界因著一個疫情全打亂了，誰都不知道未來會如何？

因為對未知的恐懼造成人人自危，周邊要是有人咳嗽，大家都很緊張，有一天在賣場還目睹一對老夫妻，因為身邊有人咳嗽了幾聲，他們顧不得已經年邁的身體竟然快步跑了起來；每天疫情的新聞也影響了許多人的心情，還有臺灣的學校也宣布延後開

學等等，真的很恐懼。而我在口罩、酒精的新聞中，終於順利拿到 J1 簽證赴美。在飛機上一直戴著口罩的我，發現眼睛下的那一條口罩線，不知什麼時候已經深深印在臉上了。看著周遭的外國人都沒戴口罩，我真的也想不戴，可是又擔心疫情的危險。想著家人的叮嚀並提供我非常多保護自己的方法，雖然飛行疲憊但心裡仍覺得溫暖。很感恩有這麼多愛的叮嚀在我身上，感謝神，我知道，一切平安。是的，一切會平安的！

　　一下飛機，沒想到人好多，似乎只有在亞洲才有疫情的感覺。其中有一、兩人看到亞洲人有快閃的眼神，倒是海關人員很親切。我排了好長的隊伍，心裡很擔心轉機時間不夠，還好最後被安排到美國公民區辦理入境手續，真的很幸運，一下子所有要轉機的焦慮都不見了，海關的一切入境手續也變得人性化，不用電腦填表，只要飛機上填的那張表格即可。

　　因為海關隊伍太長，行李台上的行李早就被拿出來等著出海關的旅客。轉機的人潮倒是少了許多，我靜靜地等著另一個旅程的開始，期待著早點抵達目的地。一天下來的旅行還真累人，不知怎樣的修養才能讓人有隨遇而安的心情？很奇怪的是，這次來美國好像回家哦！可能將近三十年的感情，就這樣異鄉變故鄉了。

II-2
生病記

　　兩個溫度計，一個是量額溫用的，一個是量口溫用的。沒事的時候，無論哪種都沒什麼差別，一旦身體有點不適，就會疑惑你到底要相信哪一個？

　　這幾天量體溫就是這種的情形，一個是 36.9℃，另一個是 37.5℃，怕麻煩的心態就選 36.9℃，然後不再量另一個。可是過了兩天，36.9℃ 的那支溫度計，不知怎麼了發出尖叫似的嗶聲，又像是已完全無力的撕裂聲，然後出現了 38.9℃ 的數字。這時，我不得不拿 37.5℃ 那支比較一下。是的，39.8℃ 幾乎是 40℃，我必須去醫院。

　　一開始，最快能看診的醫生要等三十分鐘，不過需要在醫院用電話和另外一頭的護士確認收不收我這個病人。因為無法馬上確認是不是和 COVID-19 有關，所以耽擱了一下，最後終於順利見到了 Reinert 醫生。她人很好，為我進行許多測試，我猜在這個時刻她應該很害怕我可能是具有傳染性的危險病人。然而她一直保持笑容，最後才去找 N95 口罩戴上，為我做更近身的檢查。

　　這一去大約有十分鐘，這時我的體溫是 39.2℃。檢驗了流感及咽喉炎等項目後，由另一位醫護人員為我採樣，拿去檢驗 COVID-19。由於沒有任何其他的症狀，醫生建議我先吃退

燒藥。於是，我下午三點半吃 650mg 的退燒藥，一面休息，一面和在臺灣的醫生及朋友確認。到了晚上八點半，溫度計是 39.0℃。這段時間，我按時吃退燒藥及抗生素，兩個溫度計都一起量並做紀錄，以免再度失去醫治的良機。然而等待結果的電話一直沒響起，E-mail 也沒有消息。

醫生說會聯絡我的事，似乎像石沉大海般，一點動靜都沒有，直到第五天早晨，終於來了一則簡訊，可是 E-mail 卻無法進入，只好再去醫院一趟。不過，連著這四天的經驗，我似乎意識到我的發燒可能和甲狀腺炎有關，因為我在服退燒藥的第二天，仔細端詳了用藥紀錄，但這是在不知真正情況下的臆測，真正的原因得看診才能知道。雖然第五天終於退燒了，但還是得去醫院做確認，只是這次不能直接近距離看醫生，為了保護醫護人員，我需要被隔開在一旁，然後瞭解為何不能從 E-mail 中得知消息。好不容易打開帳號，也因 CDC（國家衛生部疾病管制署）尚未有報告，而我又是危險群，所以看了一早醫生的問候 E-mail 之後，我得乖乖回家等候 CDC 的消息才能知道我可不可以再去看醫生。不過，因為燒退了，自己放心了許多，但身體還是非常疲倦，雖然很想早一點知道檢驗結果但是也無能為力。

到了下午三點，來了一則簡訊，這下 E-mail 終於可以查看了，而且 COVID-19 的檢測結果是陰性。是的，這是這幾天來最好的訊息！於是我可以自由掛號，也可以自由去醫院了。尤其看到醫生來信的內容很是開心，我想她應該也放鬆了許多，至少不用擔心是否有可能被我這個病人傳染。後來聽說許多醫生也是非常緊張地看診。

　　虛弱的我想著，自己在這個時候發燒，是經歷了人生一大考驗，尤其是自己和家人的互動；也逐漸瞭解，因為距離太遠，說實話也毫無幫助，而且自己也不開心，也許不說全部實話可能好些，至少自己不用太擔心，家人也不會坐立難安。然而，不管如何，大家都在不安中陪伴我，為我禱告，在這生活需要有冬眠狀態（大家各自做好隔離防疫）的時候，平安真好！

II-3
第一次封城

　　突然間，州和市政府規定，除非必要，否則一律要遵守居家令，保持安全（stay safe, stay at home）。我對封城一點想法都沒有，我唯一對封城的印象，是十七年前和平醫院封院，當時最深刻的媒體報導，就是幾位醫護人員在醫院裡頭隔著窗對著外面的人揮揮手。那麼簡短的畫面，卻一直深烙在我心，每次想起來就不忍心！

　　如今我在美國，看著加州、紐約相繼封城，我所在的明州州長為了謹慎，也鼓勵大家居家工作。除了拿藥、看病、買菜之外，人和人的距離至少保持六英尺（兩百公分）。每個超市的第一個小時只開放給六十歲以上的人及孕婦入場，以免他們買不到東西。我知道這一切應該會好轉，但看著每天不斷遞增的疫情數字，似乎在地球上沒有地方沒有疫情。我開始想著，如果這是一個數列，到底是如何亂跳到發散的行為。當然，現在只能希望時間夠長，這些病毒的行為都會收斂，這樣人才能開始真的有平安。

　　看著冰箱的菜及米，數著日子得這樣過：上課時間用 Zoom 上課，教會活動是直播，主日學也是在 Zoom 見，於是大家都隔著電腦螢幕，看著對方教的專業知識及分享各自的現況。想著為

何人會走到這種地步？一向喜歡安靜獨處的我，此時沒有感到有什麼不便，但朋友之間的反應卻讓我開始省思，如何學會和自己交談，以及學習打發時間的智慧。我在網上訂了一些日用品，朋友們都警告要先放在外頭三到四個小時，再用消毒紙巾擦完後，馬上丟掉外包裝。買東西時如果用手拿了必須趕快消毒！這個COVID-19 似乎在警告我們，平常是不是太不小心了！真希望自己學會多安心、多閱讀。

　　一切應該會過去，春天必再來！誠如數學的級數一般，只要確定 COVID-19 不是發散的級數，那麼人類就可以控制病毒並且防衛它。這樣我們才能又有無憂的生活了。

註釋：

一、數列的極限：

　　對於無窮數列 $<a_n>$ 來說，當項數 n 愈來愈大時，a_n 會越來越靠近某一個固定值 k，則稱此數列收斂，並且稱此數列 $<a_n>$ 的極限值為 k，符號記為 $\lim\limits_{n\to\infty} a_n = k$。反之，稱此數列發散，並且稱此數列 $<a_n>$ 的極限不存在。

　　例如：(A). 數列 $<a_n> = <\frac{1}{n}>$，亦即無窮數列 $1, \frac{1}{2}, \frac{1}{3}, \frac{1}{4}, \cdots\cdots$，當項數 n 愈來愈大時，$a_n$ 會愈來愈小且逐漸趨近於 0。因此數列 $<\frac{1}{n}>$ 的極限值為 0，記為 $\lim\limits_{n\to\infty}\frac{1}{n} = 0$，所以稱此數列收斂。(B). 數列 $<a_n> = <(-2)^n>$，亦即無窮數列 -2, 4, -8, 16,……，發現 a_n 會在原點的左右相互跳動，當項數 n 愈來愈大時，a_n 也愈來愈分開，且越來越趨向 ∞ 和 $-∞$。因此數列 $<(-2)^n>$ 的極限值不存在，記為 $\lim\limits_{n\to\infty}(-2)^n$ 不存在。

二、級數的極限：

設 $<a_n>$ 為一無窮數列，將各項依序相加就得出無窮級數 $a_1+a_2+a_3+\cdots$，此級數可以用符號 $\sum\limits_{k=1}^{\infty}a_k$ 來表示，即 $\sum\limits_{k=1}^{\infty}a_k=a_1+a_2+a_3+\cdots$。令 S_n 為級數 $\sum\limits_{k=1}^{\infty}a_k$ 前 n 項的和，即 $S_n=\sum\limits_{k=1}^{n}a_k=a_1+a_2+a_3+\cdots+a_n$，因此無窮級數 $a_1+a_2+a_3+\cdots$ 的極限問題就是考慮 $<S_n>$ 這個無窮數列的極限問題。若數列 $<S_n>$ 收斂，且 $\lim\limits_{n\to\infty}S_n=k$，則表示無窮級數 $a_1+a_2+a_3+\cdots$ 的和為極限值 k，稱此級數為收斂級數。反之，若數列 $<S_n>$ 發散，則表示無窮級數 $a_1+a_2+a_3+\cdots$ 的和不存在，稱此級數為發散級數。

例如：(a). 無窮級數 $\sum\limits_{k=1}^{\infty}a_k$ 為 $1+\dfrac{1}{2}+\dfrac{1}{3}+\dfrac{1}{4}+\cdots$ 其總和是無限大，或是 (b). 無窮級數 $\sum\limits_{k=1}^{\infty}a_k$ 為 $1+(-1)+(-1)^2+(-1)^3+\cdots=1-1+1-1+1-\cdots$ 其總和是不確定的數，因此稱無窮級數例子 (a) 和例子 (b) 為發散級數。(c). 如果無窮級數 $\sum\limits_{k=1}^{\infty}a_k$ 是 $1+\dfrac{1}{2}+\left(\dfrac{1}{2}\right)^2+\left(\dfrac{1}{2}\right)^3+\cdots$ 其總和是 2，因為 2 是固定的數，可以控制，所以稱例子 (c) 為收斂級數。

II-4
復原期

「復原」是恢復成原來的樣子，但是「原來」到底是怎樣子呢？這週是發完高燒後的復原期，我每天仍然不放棄，一而再、再而三的量兩個不同的溫度計，唯一的希望就是不要再錯過任何一個危險期。可是，口溫會受飲食溫度影響，耳溫也會受環境溫度影響，尤其是當室外 -6℃，室內 25℃ 時，溫度的顯現是有差別的。

真的，人生過病後，都忘了要怎麼幫助自己復原。好不容易盼到了體溫都符合正常，才驚覺一個星期就這樣過了。原來，還有一點虛弱的身體，還很爭氣的往復原之路努力，而我內心就這樣不斷鼓勵自己安心養病：一定可以好起來。

周遭的新聞不斷報導疫情的最新消息，遠在臺灣的故鄉，只要有點新聞也會讓我神經緊張；而對家人朋友的牽掛，正如一條長長的風箏線，緊緊維繫大家相互關心的心，它的堅韌強度比網路還要強。而我自己真正能做的是什麼呢？也許如古人所言「君子務本」，當盡自己最大本分把事情做好、照顧好自己，就是最好的貢獻了。但願我的復原情形能早日完成，然後自己就可以更加充實自己了！

註釋：

1.「君子務本，本立而道生」出自《論語・學而》篇，是孔子弟子有子說的一句話，全文是：

有子曰：「其為人也孝弟，而好犯上者，鮮矣；不好犯上，而好作亂者，未之有也。君子務本，本立而道生。孝弟也者，其為仁之本與！」

大概的意思是說：能夠孝敬父母、尊敬師長，卻好犯上的人，幾乎很少；而不好犯上，卻好作亂的人，絕對沒有。因此做人首先要從根本上做起，做好根本的道理，就能建立正確的人生觀。亦即孝敬父母、尊敬師長，就是仁的根本了。

2. 因為不斷量口溫及額溫，怕溫度計不安全，所以 Google 一下要如何讓溫度計保持乾淨。Google 說每次用酒精擦，卻忘了說要用乾淨的水再洗一遍。所以，我的復原期因為多了嘴邊和鼻子的皮膚傷害而延期。所幸發現的早，一切順利復原。

II-5
買菜

　　許多事的面向好像都是新聞的報導，而對場景的影像也常常只是聽說而已，然而一旦自己親身經歷，就感覺完全不同。例如，我小年夜時去 Costco（好市多）買了些水果，排了很長的隊伍。正在後悔之際，看著前面排隊的老先生買了一整車的口罩，而排在我後面的小姐也是。我心想，這兩位顧客家的員工很多，而且生意真的很好，不然為何要買整車口罩。不料隔天，新聞大肆報導需要口罩，中國也需要口罩，然後就是聽到有關封城和飛機停飛等消息，但這些對我而言還是新聞一則。

　　怎料不到兩個月，在美國的我也聽到封州、封城的消息，所有活動都停止了，只剩下線上工作。已在美國工作的學生告訴我，她很幸運還能在網上工作不被裁員；我也是幸運的，能夠每日平安的線上工作及學習。只是我發現，線上無法供應熱食，吃飯問題還是得自己解決。我將近兩星期未出門，為了吃飯得出去買菜。是的，平日最簡單的買菜，變成大家可以走出家門的正當理由。

　　到了超市，發現貨架上的東西少了好多，不是青菜沒了，就是少了洋蔥及馬鈴薯，所有可以存放久一點的東西都被掃空了大半。有時在想，不是疫情有多可怕，而是這些所剩不多的貨物，讓人感到不安。

　　大家似乎都宅在家，所有生產線停擺，只有外送員的需求量突增。可是耳聞有不少外送員也感身體不適，於是鼓勵人們將所有外送的東西，放在外面三到四小時，消毒後在拿入屋內；生鮮、熟食的外送，則讓人不太敢下單。我匆匆走在蕭條的超市裡，神經緊張的讓我覺得好像快要生病了。

　　想起《聖經》所言：「患難生忍耐，忍耐生老練，老練生盼望」，真不知道自己要如何變得更剛強。倫敦在 1665 年流行鼠疫，避難的牛頓卻在這時發現了如何求已知曲線的切線，以及如何確定已知曲線下方圖形的面積。如此想來，無論面對什麼光景，一定有所盼望！所以下回去買東西時，我的焦慮應該可以少一點，加油吧！生活！

註釋：

　　牛頓建立的微積分方法稱為「流數術」，他在劍橋大學求學時便開始研究，在回到家鄉林肯郡躲避鼠疫的兩年時間裡取得了突破。他在 1665 年 11 月發明「正流數術」（微分學），在次年 5 月發明了「反流數術」（積分學）。他把微分和積分作為矛盾的對立面一起考慮並加以解決。他在 1671 年寫了《流數術和無窮級數》，指出變量是由點、線、面的連續運動產生的。他在流數術中所提出的中心問題是：已知連續運動的路徑，求給定時刻的速度，或已知運動的速度求給定時間內經過的路程。

　　牛頓研究微積分著重於從運動學來考慮。他最大的貢獻之一是把兩個貌似毫不相關的問題聯繫在一起：一個是如何計算曲線上任意點的切線問題，即是微分；另一個問題是如何計算任意一塊區域的面積，即是積分。牛頓也將他的正、反流數術應用於切

買菜

線、曲率、拐點、曲線長度、引力和引力中心等問題的計算。

參考資料：

https://kknews.cc/science/8xo432q.html
https://kknews.cc/science/qe382yy.html

II-6
Zoom

　　Zoom 上課已經邁入第二週，聽說創辦 Zoom 的袁征，一開始是為了和女朋友談話，儘管早就有 Skype 及其他軟體，他仍然為了改善視頻上的通訊品質而努力。Zoom 最初是提供給公司開會用，而今是學校教授上課、學生聽課的管道，所有學生可以藉著老師上課的 Zoom ID，照常在上課的時段，登入看到老師即時授課，教授也可以看到有多少學生上線聽課。唯一害怕的事，如果大家都打開音訊，而且每個人在家又有奇怪聲音的話，一定會打擾到上課的氣氛。

　　因此，一個正式上課的教室氛圍，因著 Zoom 搬到電腦面前，大家全在 Zoom 上學習。等下課時間一到，再到另一個 Zoom ID 上其他教授的課。和實體課不同的是，我們到教室上課，下課短短十分鐘就需要趕到另一間教室，而現在只要用手滑一滑，就可以去聽另一門課了。

　　繳作業也變成網路繳交，唯有考試這件事，老師得想想如何在 Zoom 線上，有個公平合理的評分機制。另外一個考驗是老師的 office hour（解答疑問時間），當實體上課可以進行時，每位老師都會在上課那一天，另外有一個小時的時間在辦公室，學生可以自由來請教上課的問題。現在用 Zoom，老師得開電腦，然後

看著是否有問題要問。但一直待在電腦面前和待在辦公室差別很大。因此，如果Zoom的office hour可以用預約的可能比較方便。

　　只是，一直隔著螢幕的學習及交流，真的讓人覺得能見到本人該有多好。也許Zoom可以解決相思、工作，甚至會議的決定，卻無法將一個學習的溫度傳達的更貼切。用Zoom可以像一場電影，提供一個故事，但上課這種互動及溫度是無法確實做到的。所以，我真期待實體上課趕快來！真的，可以去教室上課的感覺真好！

II-7
足底筋膜炎

　　不知你是否有過腳不舒服的時候，是忍耐？還是馬上去看醫生？這幾年我的腳，尤其是久坐之後，常常又麻又痠，有時嚴重起來除了貼膏藥，還要不斷尋尋覓覓找醫生看診，例如骨科、復健科，甚至神經科等等，我的痠痛始終斷斷續續、時好時壞。我一直不知道是什麼原因，只知道有些時候，這樣的痛又會回來，每位醫生都是一再叮嚀不要久站久坐就好。

　　近來連續兩、三個月，腳的痛不知為何一直沒有停，我想也許忍耐一下就會好，可是真的都沒好，這下不得不又要開始骨科、復健科、神經科，再次的一一看診。後來看了中醫針灸，才發現是足底筋膜炎，而且還很多年了。我發現自己的無知，加上沒有適時找出病因，真的是耽誤了。

　　不知道有沒有人和我一樣，一個病痛一直不知道原因？而今的我正在努力要好好復健，來還痛了這麼久的債，真的希望能夠早日康復！

II-8
神奇

　　很神奇的事，不知有多少人曾經歷過？而且神奇的感覺有時是馬上就知道，有時要等一段時日後才會驚覺。今天我也來分享一個類似神奇的往事。

　　週五最後一堂課後，我總是會快步到公車站排隊，先坐到市中心，再排隊坐國光號回臺中。每次要回家內心總是開心的不得了。尤其是週四晚上在宿舍，不管是寫作業或念書都很開心，因為隔日就可以回家看到爸爸媽媽，這真是我最快樂的期盼！大學四年每個週末幾乎都沒留在學校，一則是在學校實在太想家了，二則是如果留在學校除了讀書之外不知要做什麼事，似乎回家就是最好的，至少吃好、睡好，而且也不耽誤功課，每週的作業及考試也都應付的很順心。所以，一週的課上完後，衝到公車站是我最快樂的一刻。有時遇到連續假日，就算擠在人群中或車子堵在高速公路上，回家這件事卻讓我覺得一點也不辛苦。也許戀家就是一種神奇的力量支撐著我，在這來來往往的人群中感到歡喜！

　　不知從什麼時候開始，我發現有個人跟我一起等公車，而且也坐國光號去臺中。有時候我排到後面，他會讓我先有座位坐，可是我並不認識他呢！久而久之，覺得真的很神奇，為什麼每次

都看見他？有一次到臺中，心想難道等一下他又會跟我搭同一班公車嗎？因為父親總會來車站接我，我不知道下了臺中，這個驚奇的男孩去了哪？直到有一天跟高中同學同車，她告訴我那個同車的人是住在臺北的學長。嘿！太神奇了！既然他住在臺北，為什麼每個週五會跟我一起坐到臺中？這個學長在我大學生活裡，留下一個神奇的問號。

II-9
封城的日子

　　封城的日子已進入第四週，除了買菜外出，我真的安靜又乖乖的大門不出二門不邁，整天都在室內工作，不是上課、上網，就是看看閒書。鄰居有的會出去散步，他們都穿著厚厚的外套，口袋內還放了手套和消毒水，並且和別人保持距離六呎。我實在怕遇見不理性的人，也擔心身為亞裔的安全，所以盡量讓自己圈在家裡。這時候才發現，有些人圈在家裡都憋壞了，覺得非常不適應；有些人突然有了時間，想起很多許久沒聯絡的朋友，於是忙著上網聯絡一下。一向喜歡孤獨的我，沒有太大的適應問題，唯獨擔心出去買必需品的安全，以及去上課的方便。

　　前兩天廁所的馬桶一直在滴水，試著換了排水閥，原以為應該 OK 了，不過馬桶它仍然時不時一滴一滴的漏水。白天聲音雖然不明顯，可是夜深人靜時，就不能再假裝聽不到。終於鼓起勇氣要找個水電工來，這一約要等到下星期，好不容易訂下時間，突然想起現在是封城期，水電工來要如何保持安全距離？口罩怎麼辦？我們要如何做好安全又有效率的修理？想想這時的心情，就好像和一滴滴的漏水聲一樣讓人有點焦慮。

　　真的，人的基本生活步調都變了，病毒果真好好的跟人類打了一仗。看著對面鄰居中午訂了披薩（pizza），送貨員小心翼翼

將披薩放到門口，女主人遠遠揮手，然後用消毒濕巾反覆擦拭外盒，才見她安心拿起披薩進屋。這才想起，我又不能拿起濕巾對水電工消毒，只能期待是個健康的水電工來，而且可以很快做好工程。

從來沒有想過生活怎麼會變這樣？有個健康的社會，真的很寶貴！

後續：

今天終於等到水電工 Rueben 先生，他是從巴布亞紐內亞移民來美國的，他人非常好，而且很專業，重點是他帶上了像防毒面具般的口罩，不到一個小時全部完工，共花了兩百八十美元。他離開後，我就開始用消毒濕巾擦拭家裡的各個角落。想想他也很辛苦，誠如水電工所言，昨天他要去修理另一家的水電時，一進門就聽到有人一直咳嗽，嚇得他拒絕修理趕緊離開，可是過一會兒他就被客訴了！今天很高興看到水電工有備而來，真的讓人安心多了。

II-10
口罩

　　因為 COVID-19 的關係，一開始新聞說有需要才戴口罩，但是不放心的人還是會戴，所以全臺灣一下子出現口罩荒；從 7-11 的街角排隊人潮，到藥局外的長長人龍，都只是為了有個保護，那就是口罩。

　　我平常很怕聞到路上汽車排放的廢氣，總會預備一些口罩，所以面對這麼長的隊伍，又這麼熱門的話題時，我是缺席的。想到幾星期後我將到美國，省著點用，也就不必去搶大家的需要。

　　到了美國，發現這裡的民情是生病才會戴口罩，所以我帶的十二片口罩可以放在高處。怎知沒多久，我因莫名的發燒去趟醫院，他們第一時間非常緊張，但看到我已戴上口罩而感到十分放心，這時我才驚覺美國似乎很缺口罩。好不容易度過發燒的我，一直待在家裡休息，還好在這個時候學校也都要我們在家工作，因此我就不用煩惱口罩了！然而，當美國發現疫情有點控制不住時，也開始建議民眾戴口罩，這時我才發現一般藥房早已沒有口罩供應，突然間口罩變成最珍貴的東西。

　　家人、親人不斷打電話和傳訊息，詢問要不要寄口罩給我。每每看到這些訊息，真的很感動。臺灣規定兩個月只能寄一次，而且一次只能寄三十片；可是兩星期限購買九片，而這三十片的

口罩是需要存多久的啊？但是，他們仍然不忘遠在美國的我，而這些口罩也是家人現在正需要的，什麼是愛呢？這就是愛吧！

　　所幸，之前一些系上教授以前指導的中國學生，已先寄了一些口罩過來，我們大家就分著用，頓時我也安心不少。只是，一片口罩的意義不單是防疫而已，對我而言它是一口很難罩得住的愛，願它也成為每個人健康的祝福！

II-11
衛生紙和枯乾的樹

　　最近有個疑惑是有關衛生紙的。聽說不久之前，臺灣及各地都出現缺貨，後來就正常了。其中好像有人故意散布和口罩原料有關的消息，造成民眾恐慌。

　　我來美國已經七個星期，除了在第一個星期看到賣場有衛生紙外，之後再也沒有看見它們出現。幸運的是，我通常一到美國就會先買好日常用品。看到最近新聞都說缺衛生紙，而美國人最大的恐慌除了 COVID-19，就是買不到衛生紙。

　　好奇的我查了一下資料，發現 2018 年的一份報告顯示，美國人平均一年用 141 卷衛生紙，亦即每個人一星期得用 2 卷；第二名是德國，一年用 134 卷；第三名是英國的 127 卷；接著第四名的日本則是一年用 91 卷。

　　原來，美國人對衛生紙的要求，不是因為有假新聞，而是實實在在的需要。沒想到，衛生紙也成為大家在商場最喜歡買的用品。想想製造衛生紙的公司，最近一定很高興有人囤貨。統計資料顯示，亞洲人囤米，酒鬼囤酒，而美國人囤衛生紙。想到如此現象，好像亞洲人因「民以食為天」而囤米，更令人覺得安心；只是如果真的沒了衛生紙，還是令人滿困擾的！

　　看著窗外的植物，最近慢慢長出了一點點新芽。我想，冬天

這麼冷，樹都枯枯乾乾的，而整個冬天樹的葉子都掉到沒有了，唯一陪伴它們的只有白白的雪。有些時候我甚至懷疑它們是否活著？但是看著一排排的樹雖乾枯，在冬天看起來也有種淒美的寧靜。而奇妙的是，當雪融化了，樹便開始長新葉，到了夏天又是綠意盎然的大樹。所以，不管是 COVID-19 的威脅，或是衛生紙的缺乏，相信春天會來，就如同枯樹給予我們希望。問題總是可以解決，只希望春天真的不遠！

II-12
鄉音未改鬢毛衰

　　賀知章先生的〈回鄉偶書〉是這樣寫的：「少小離家老大回，鄉音無改鬢毛衰。兒童相見不相識，笑問客從何處來。」這是賀先生在辭官返回故鄉越州，事隔五十多年的感慨。

　　對曾經離開故鄉的人來說，應是很有感觸。在內心最熟悉的故鄉，對故鄉的小孩來說，你就是新來的客人。而歲月不饒人的感覺，更可以由清朝石玉昆先生的著作《三俠五義》中「時光荏苒、歲月如梭」知道什麼是時間過得很快。

　　最近全世界幾乎都在封城，許多行業和熱門的地點，都因封城不能照常營業或不能開放參觀；許多人一下子失去了工作，或是宅在家等公司招聘。例如美髮業，大家平常都要提早預約美髮師，現在卻想去也不能去，因為政府規定不能開業，一則保護顧客，另一則保護美髮業者。沒想到封城也不過邁入六週而已，大家都快撐不住了。

　　而 Zoom 上課的實況現場，從一開始大家都大方展現自己，到現在只能綁一下頭巾或戴上帽子。不管男女，每個人頭髮都沒有型了。新聞記者開玩笑地說，現在是最好的時刻，因為大家可以看清你的鄰居及朋友的真面目。所以，大家不會像賀知章，離鄉五十多年後被人認不出來。喜歡多變及裝扮的現代人，只是封

城短短幾週,就會有「嘿!你看起來在哪裡見過?」或更誇張一點「你是新搬來的?」的效果。

其實,時光荏苒,歲月如梭,在書中的本意是形容時間之快,久未見的小孩已經十六歲了。然而,現在看來,有些事情的面向不需要很長時間之後才會有效果。例如:最近許多海灘及觀光勝地,不知為什麼跑出許多海洋生物,以及極不易見到的鳥類。人們只不過有六星期之久沒有打擾牠們,如今牠們全都回歸大自然。更誇張的是,印度人說他們住在喜馬拉雅山附近,但好像很久沒有見過這座山了,怎知最近一抬頭竟然清清楚楚看見了喜馬拉雅山。原來,這麼熟悉的山都被空氣污染遮蓋了。想想我們自己的真面目,平時是用什麼模樣見人?時間似乎也不用過太久,事物真實的樣貌就呈現出來了。

不過,我相信還是有許多人期盼疫情早些過去,那樣許多漂亮的臉龐及摩登的髮型,很快就會展現在大家面前。只是最近喜出望外的鳥類及動物們,就得結束牠們的假期了!所以,要世界得到平衡要有怎樣的智慧呢?聰明的人類啊!

II-13
兒時回憶，盡是美好！

　　因為疫情，我所認識在美國的朋友們，幾乎跟我一樣，最近每天都宅在家裡。乾媽和乾爸年紀較長，所以都有人幫忙買菜到家門口，以免他們出門時碰到 COVID-19 病毒的風險。他們兩位倒是特別，每天淨做些麵食和功夫菜，有空視訊時常常看到他們剛出爐的料理，每次看了都覺得太好吃了！

　　另一位阿姨就自己一人宅在家，除了有空聊天，她最期待的是兒子回家或什麼時候自己可以平安回到家鄉。另一位朋友則是每天練瑜珈，她以前就一直想練，但每天上下班趕時間所以沒有時間練，現在因著在家上班工作省下了通勤時間，終於可以練瑜珈了！也許這算是居家令帶來的好處之一。

　　我一則手不巧，會煮的料理不多，二則對運動的需求也是最低限度，在居家令期間除了工作之外，就是寫寫心得來消磨時間。也不知是否悶太久，看到美國網路上有賣臺中太陽堂的太陽餅時，心中有說不出的雀躍，立即上網訂購。終於，UPS（快遞）送來了十二個美味可口的太陽餅，內心有種說不出的感動，滋味真的太好了！

　　我連忙也訂了些給宅在家中的乾爸、乾媽及阿姨，以及一位老師，希望也能讓他們喜歡。真沒有想到，他們每個人都很感

動，直說太好吃了！說真話，太陽餅是很好吃，但對在異鄉的我
們來說，此時它還安慰了我們的心。正如朋友們所言，也許是太
陽堂六十年長期的經營，加上想家的情緒，吃起來就是「兒時回
憶盡是美好」呢！

II-14
致 Stevenson 教授

　　生命中的貴人真的好多，有的有機會跟他們說謝謝，有的卻一直沒機會。然而，年紀越長，發現不是只有銀行存款會有利息，自己想說謝謝的心意，也會隨著歲月長出利息（虧欠）來，而這種虧欠感真的會越來越強。

　　記得剛來美國時，除了週末可以和家人說說話，一個人真的很孤單。尤其當時越洋電話很貴，通常前三分鐘內最便宜，超過就得計費加倍，因此練就我們長話短說，若沒什麼要事絕不聊天。當然，要對思念的家人執行三分鐘的報告，真的很有挑戰，因為要報告現況，又要問候家人。

　　記得有些留學生想到一個最節省又有趣的方法，就是每次講到兩分五十秒就掛掉，然後再重打，既享受三分鐘的優惠，又滿足親情的時刻。所以，不少「外在美」和「內在美」的留學生，週末晚上都在打兩分五十秒的電話。我怕家人聽出我太想家的聲音，所以非常克制的在兩分五十秒前告訴爸爸，一切安好請勿掛心，然後再寫一封家書；但航空信好像要兩、三星期才會寄到。不過，能寄信給家人並收到家裡的回信，真的很開心。

　　除了思念家人，修課的壓力是最大的，尤其是我在同學中，是唯一沒有修過碩士的學生，在寫作業及考試方面，我的表現就

顯得比較生疏。所幸，自己努力用功，很快地適應了學習的步調，博士資格考試也順利通過。

　　想起剛到美國時，看到要離校的學長姐因為博士資格考沒通過的情形，那時候真的感覺很有壓力。所幸後來有不少朋友的鼓勵陪伴，也讓自己在這麼緊張的壓力中安全度過留學生活。除了同學間的相互扶持，互相打氣外，我非常感激 Stevenson 教授，他不知怎麼發現了我非常容易緊張，竟然願意連續好幾週，每次花近一個小時，讓我去他辦公室練習表達，教我不要太緊張。記得他還提起令他印象深刻的蔣夫人。蔣宋美齡女士在 1943 年 2 月 18 日，曾到美國國會發表演說，他說蔣夫人儀態合宜高雅，言談內容適度並且有力，相當令人感動，當時這場演講贏得非常多人的敬佩。

　　雖然他不是我論文的指導教授，卻願意幫助我這個思鄉病害得嚴重的學生，真的讓我很感動。我記得大概有近一個學期，他總是鼓勵我要放鬆、要自信。如今想來，我似乎沒有特別跟這位教授表達更多謝意，因為當時我的指導教授換學校，我也很快跟著轉校了。而 Stevenson 教授對我的幫助，卻一直影響我到今日。

　　希望我也能像 Stevenson 教授一樣，成為能幫助人的人。

II-15
陽光燦爛的日子

經歷了冷冷的冬天，看著窗外樹上剛冒出的綠芽，彷彿迫不及待等著春天的到來。也因著有點春暖，終於有機會到後院坐坐。前陣子實在太冷了，雖然每天陽光普照，氣溫卻只有 -5℃ 左右，怎樣也不會想到後院坐坐。

最近看到這些剛冒出頭的新芽，彷彿收到樹的邀請，我雀躍地來到後院和它們相伴。陽光非常燦爛，天上美麗的雲跳著不一樣的舞姿，坐在院子裡享受這樣的溫度及美景，感覺真是幸福。

我任由陽光在身上，從頭到腳盡情照射，想著這些來自太陽所有頻譜的電磁輻射，經過地球大氣層過濾，照射到地球表面，這些太陽光如此溫暖有力地照到大地每個角落。好像已經經歷在冷凍庫數月的我，此刻覺得這暖洋洋的陽光不只是種養分，更是將我有如已冰凍的骨頭一一加熱，陽光像是運行氣功，將身上每個氣結打開，這是我從未有過的體會，真的有如武俠小說中「打通任督二脈」的感覺。

記得書上說，陽光需要 8.3 分鐘才能從太陽抵達地球，而地球接收太陽的總輻射，取決於地球的截面積（一般是 πR^2）。又因地球自轉使這些能量分散在整個表面積（$4\pi R^2$），想著就覺得好神奇。陽光就這樣毫無保留灑下，真好。

不知為何，我以前總怕曬太陽，而這幾天的體會，覺得陽光燦爛不僅是大地的能量，更覺得它化解了內心的憂愁。每個日子總有一些難處，沒有 COVID-19 也可能會有其他煩惱，所以有個陽光燦爛的日子，不只能萬物更新，被滋養的心靈也重新獲得了力量！

註釋：

一、球的截面積：

球的截面會是一個圓。當球的截面不通過球心時，截面半徑 r、球的半徑與球心距 d 會構成一個直角三角形，即 $r = \sqrt{R^2 - d^2}$，因此截面積為 $\pi\left(R^2 - d^2\right)$，如圖（一）。當球的截面通過球心時，所截的圓會最大，截面半徑 r 就等於球的半徑 R，稱球的大圓，因此截面積為 πR^2，如圖（二）。

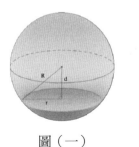 

圖（一） 圖（二）

二、球的表面積：

　　想像把一個球由球心徑向做無限小錐狀體切割，也就是把球看成由無限多個頂點在球心，底面在球面上的錐體組成，如圖（三）。每一塊錐狀體的高近似於球的半徑 R，所有錐狀體的底面積總和則近似於球的表面積，因此

球的體積 $=\dfrac{4}{3}\pi R^3$

$\qquad = \dfrac{1}{3}RS_1 + \dfrac{1}{3}RS_2 + \dfrac{1}{3}RS_3 + \cdots$

$\qquad = \dfrac{1}{3}R(S_1 + S_2 + S_3 + \cdots)$

$\qquad = \dfrac{1}{3}R \times 球的表面積$

所以球的表面積 $= 4\pi R^2$。

圖（三）

II-16
COVID-19 一角

　　因為 COVID-19，每個人多少都經歷了一些不方便及恐慌，也許是購物時想到大家用手接觸商品而感到憂愁，也可能是旁人沒有保持距離的焦慮。總之，宅在家是最安全也是最保險的。然而，許多人卻無法一直宅在家，例如農夫、超市的工作人員、醫護人員，以及水電工人等，美國一些非急迫性的診所也都停診。每天的新聞，總是哪裡多幾人確診，哪裡又有多少人死亡。

　　前幾天看見紐約州長呼籲他們需要醫護人員時，有不少醫護人員不辭辛勞，開了非常遠的車到紐約，為的只是想出一分力。美國每州有各自的醫護執照，所以要到紐約幫忙，除了有專業認可的執照，也要適應紐約的生活，最重要的是，這些人要投入救助嚴重的 COVID-19 病患。在美國，即使你的 COVID-19 檢驗是陽性，也不見得可以看醫生，他們要病人在家休息，除非很嚴重才可以送醫院。這段時間在醫院工作，風險相對較高，有退休及外州的醫護人員願意來幫忙時，我真心覺得若不是愛，怎能如此？尤其來紐約幫忙的醫護人員竟然有九萬五千人，真是令人震撼！

　　另一個比較令人傷心的一角，就是有太多人因 COVID-19 過世了，葬禮也因安全距離的限制，規定參加人數不可以超過五

人，不管是因 COVID-19 或其他疾病離世之人，這時真是令親人相當難受。對於已經來不及去醫院而過世的人的家屬來說，是相當艱苦，雖然軍方派了不少人援助，但是對訓練有素的軍人而言，在戰場上扶持戰友是多麼自然，現在卻幾乎每天要處理生病過世的人，一個人一天要處理二十多人。有的人住在沒有電梯的高樓上，軍人們除了移動患者的工作艱巨外，還得注意自身的健康及安全。正如有位記者和一位軍官的訪談中，記者問軍官有什麼事讓你終身難忘？軍官說當他去幫忙一位躺在沙發上，已經過世的老先生，看見他太太輕輕吻別她的丈夫，然後走開的時候，讓他百感交集。是的，這是愛，也是勇敢。電視上也有不少主播，只要談論到醫護人員生病時，難免哽咽。真的，此時此刻誰都不會介意主播這樣失態地停頓報導，因為這是真情流露。

也許 COVID-19 也帶來真心和溫暖的一角。我最敬愛的一位老醫師，最近分享一張他圈在家的相片，相片中他坐在大客廳，他的三個孫子各坐一角，桌子堆滿了書，他們四個人 stay at home, learn at home（遵守居家令並且在家學習）！當下我也覺得好感動及溫馨！

II-17
尋找一個小針頭

近日美國一些地方終於開始要求民眾戴口罩，原因是他們發現除了保持社交距離外，這也是保護自己和別人的方法。所以，有不少人開始戴口罩。對美國人而言，過去是生病或身體感到不適的人才會戴口罩，如果看見滿街戴著口罩的人，真會感到非常恐慌。但 COVID-19 是經由飛沫傳染，如今他們也越來越能接受戴口罩的防護。他們也各自發揮想像力，盡量讓口罩看起來像是很有型的面罩，這樣比較像要去參加 party（派對），心情也開心多了！

我向來沒什麼創意，索性就直接戴著外科型口罩，至少自己覺得安心，而且也沒有不敢戴口罩的憂愁，所以很放心。尤其是口罩難買的時候，有人千里迢迢寄來口罩，真情更讓我銘記在心。在沒有規定戴口罩的時候，我還想大概用不上了，但最近我已經用完自己帶來的口罩，不得不打開朋友寄來的口罩。

但我出門前才發現，口罩外觀都沒有問題，但鼻子上方好像無法服貼，下巴也無法包覆，心想真奇怪，怎麼會這樣？朋友一定不知道這個口罩的品質有問題，還白花了不少錢，用航空快遞寄過來。雖然如此，三層的防護布卻都在，所以防護力沒有影響，只是鼻樑上有空隙，下巴遮不住，這下得想辦法了！

　　看了 YouTube 的介紹，好像用 20cm×40cm 的布，就可以手縫一個布口罩，這樣就可以將這三層的口罩放入布口罩裡，藉著布口罩的棉質柔軟度，貼合鼻樑上的縫隙，同時也蓋滿下巴。我找出了一塊布，拿起針縫了起來，一邊仔細端詳尺寸及打折，一邊縫。我還滿開心的，沒有想到自己可以做布口罩套。縫了三邊正要縫第四邊時，針頭突然斷了，我仔細看一下，一個非常小的針頭少了一半，我只好放下手邊的事，很認真地找尋這個遺失的半個小針頭。

　　手拿著少了一截針頭的針，怎麼看就少了那一點點，儘管布口罩已近完工，看起來也很適合我的需要，但那一丁點（比訂書針一邊頭還小）的碎小針頭，卻在這時不見了。我想可能掉在地毯上，於是用 Ipad 外盒的磁鐵吸了又吸，但實在太小了，看不見那一點針頭，遍地尋了半天找不著，而且夜已深，想睡又怕睡不安穩，後來決定用隔離方法收納，等天明再找。隔天一早，用了一張黑色的大紙張墊在底下，決定拆了昨日縫製的口罩套，一針針仔細的拆開也沒有瞧見！正反面翻了一番，突然聽見一個非常輕巧掉落在紙上的聲音。哦！那一小半的針頭正出現在黑色的紙上，我喜出望外，用膠帶黏起來，非常小心用紙包緊，放在垃圾桶。

　　一個 0.1 公分不到的小針頭真的找到了！我總算可以安心帶上我的布口罩了！而且我也不再擔心鼻子上方不緊，下巴沒有包覆了，這真是個找到完美的感覺！

　　想起學生常常會問怎麼做研究、寫論文？今日在找小小針頭的過程是一個好例子。那就是要先發現問題，然後不氣餒地

嘗試，雖然過程有些困難。但只要再接再厲，最後必定可以完成。

II-18
惜物物語——扁柏樹

　　社區的後院中曾種著一顆高度大約一百公分，樹齡二十三歲的扁柏樹。聽說三年前社區要整修各家窗口，工人都從後院進出，不知是哪一天，扁柏竟被工人砍掉了。我想它一定很痛吧？而扁柏的主人內心也一定不好受，沒機會和它說聲謝謝及再見，它就離開了。

　　時間就這麼匆匆過去三年，如今社區的後院早已完成，因為工人當初沒有全部砍完，獨留被砍的扁柏根頭，還在花園裡靜靜待著，看起來就是個突兀的根部。說真的，若要清除它必須花很大力氣，但不清除看到上頭斷掉的扁柏，內心總覺得怪怪的。終於，主人說今天就來清除它吧！於是我們用最陽春的方法，想挖出根部再用鋸子鋸斷。好不容易找到根部，也循序鋸了幾個部分，才發現根部仍然很有濕度，應該還有生命力，只是無法真的復活過來。

　　我們費了九牛二虎之力想把它的根頭挖出來，用挖根棒盡了最大的努力，才讓周邊的土壤有些鬆動。最後我們決定休息一下，實在是沒力氣了。坐在一旁的我，看著這個扁柏樹頭，摸著它身上的濕氣，我想它一定也不希望離開這住了二十多年的地方。我輕輕對它說再見，並謝謝它這二十多年來美化這個院子，

然後摸摸它。很奇妙！等我們再次上工時，扁柏樹根竟然就挖出來了。果然，它一定是捨不得離開。我們決定把挖出的樹根放在院子裡，一則扁柏沒有馬上消失，另一則是提醒我們要惜物，有機會再去買一顆扁柏來種。

　　萬物的奇妙及祕密多麼不可思議，希望以後若還有社區後院施工時，工人別再隨意砍伐植物了。當然，工人不會知道在三年後，院子的主人和我花了一個下午去和扁柏對話，但對於植物珍惜的心應該一直要有。

II-19
兒時記憶——惜情心

　　今日和朋友談起小時候，說起那不方便的年代，正如現在COVID-19帶來的不便，到外面吃飯沒有餐廳，外帶服務更是沒有！尤其對住在鄉下的人來說，不太可能到城裡的餐廳。好奇的我想知道，在鄉下有重要慶典時怎麼辦？朋友說了一個很奇妙又溫暖的景象，令我羨慕！

　　朋友說，小時候他為了幫表姊抬嫁妝，年僅十歲竟走了足足十公里的路，路途又遠，嫁妝又重，肩膀都快垮下來了。而這樣的活兒大家都得做，在當時是很平常的。看著他表情興奮說著往事，我心裡卻不忍心他那抬嫁妝的辛勞。

　　話說喜宴這個大事該如何辦呢？難道每個新郎倌家裡都是達官顯要，有許多傭人幫忙？原來，婚宴不只是新郎一家的大事，也是左右鄰居的大事。要辦喜宴的前幾天，大家都會動員起來。例如，最會煮菜的鄰居就當大廚，要準備的食材由主辦家提供；桌椅則由各家出借，大夥兒將自家的八仙桌放到廣場上，再出借各家的碗筷與廚房用具等。

　　我聽完很好奇，喜宴結束後，誰知道哪張桌子是哪家的？哪些碗盤又是歸回哪家？我覺得這真是太神奇了！大家這麼熱情又熱心，不僅事前準備繁瑣，事後歸位若沒處理好，以後的喜宴肯

定沒人要再出借了。朋友說這些都不是問題，因為八仙桌椅會有各家的記號，而各家的碗筷也都印有不同的記號，有的甚至還是用姓氏當記號。朋友還說，在他更小的時候，還有補碗盤的工匠。我內心頓時非常感動，以前的人不只惜情又惜物！想到最近COVID-19是不是因為我們太不惜物，又人心不古，才會導致病毒產生？

朋友又接著說，大廚也會將喜宴中剩餘的食材，通通煮成一大鍋「拙落羹」（意思是將廚房裡尚未煮完剩下的食材全部煮成的羹）給工作人員吃。朋友說那「拙落羹」的味道是又甜又好吃！我想，所有剩餘的食材煮一煮會好吃嗎？我無法體會，但從朋友那陶醉的神情裡，我彷彿體會到那個充滿愛的年代和當中的美好味道……。

朋友問我有沒有經歷過這種類似經驗？我突然想起「黑松大飯店」(註)，難道是這樣的前身嗎？小時候有時會去吃擺在路邊的喜宴，只不過那些桌椅及碗筷都屬於一間公司，擺設也由公司提供，所以沒有借八仙桌、椅子及碗筷的事，唯有一瓶瓶黑松沙士陪著，那也是一個熱鬧的宴會呢！

註：黑松大飯店的名稱由來，是喜宴的飲料都提供黑松汽水及黑松沙士，而搭的棚子上會寫黑松兩字，因此稱為黑松大飯店。

II-20
書架——鄉愁

　　記得我小時候，家裡有個房間，牆面上有高大的書架，每次進入這個房間都彷彿進到了書店，唯一不同的是裡面沒有玩具、文具之類的擺設。我很容易可以從最低層拿漫畫書翻閱；在還沒有上學之前，我大概都看圖畫書，後來上小學開始識字，則可以拿到高一點的小說、傳記。這樣的房間對當時的我而言並不覺得特別，因為它們一直都在。

　　有一天，我突然想看放在高一點的書，因為封面好像有更難的字或說是看不懂的字，便自作聰明拿了一個凳子登高去取，卻不小心從凳子上摔了下來。這一跤著實跌得不輕，父親在外頭聽到，連忙來幫我塗藥，並叮嚀以後不可以再這麼做，如果要拿上層的書可以告訴他，讓他來拿給我。後來聽他說書架上書的分類，是以我的身高（應該是我的學習年齡）分配的，我的身高到哪裡，可以看到的課外書也就放在差不多的高度。而我想拿的，那些看不懂書名的書，則是英文書，等到國中我自然可以拿得到。從那次之後，我才驚覺我可以看的書好多，而且將來可以看的書更多。我望著最高的那幾層，心裡想要趕快長大，因為我要讀放在最高的那些書，我想早日把這個房間的書全部讀完。

　　想不起我到什麼時候才將最上層的書讀完，只記得每年暑假

除了睡午覺這些書架的書就是陪伴我的好朋友。漸漸地，我也會買些書補充書架裡的多元性，有時看到父親拿了我買的書翻閱時，自己內心很是得意，覺得自己總算有些貢獻。

　　這次因為 COVID-19 大家都得遵守居家令，有些人覺得圈在家中太無聊了！我突然想起父親的書房及他對書架的安排，我很想念隨時可以看書的日子。這真是我疫情在美國的一個鄉愁！

II-21

福氣的提醒

　　朋友分享他小時候的經驗，告訴我說他童年快樂的事之一，是第一次和父親出差，沿途坐車又走路，一路風塵僕僕。看著父親如何和人談生意，尤其是討價還價的進退拿捏。到了對方家裡，還可以觀察人家是如何接待你的，聽起來真的很特別。他父親帶著身為長子的他去談生意，談成後，家裡可以多一份收入，他的父親就不必憂愁妻子的醫藥費了。他說談成生意後，在炎炎熱天裡坐在車上吹到的風，猶如春風拂過，真是舒服極了！

　　這時我才知道，朋友的母親一直身體欠佳，因此能做成一筆生意是多令人高興的事。在他淡淡的敘述裡，深深感到他和他父親的生意之旅，在他童年裡是多麼珍貴的經驗及得意之事！我問朋友，是否還有其他有趣的生意之旅？他說和他父親的就這一次，但是他有多次和他母親採了菜拿去市場賣的經驗，因為大家都需要錢買肉，大夥都得想辦法掙錢。我問生意好嗎？他說一般般，要看來買的人。想占小便宜的人一定有，但也不缺大方的人。朋友是位非常有能力的人，做事謹慎仔細，童年的經歷肯定讓他更有機會訓練很多面向，並且在市場賣菜的經驗也讓他瞭解人間疾苦。

　　想起有一年我去大學訪談，約定的一位女學生遲到了，我正

想放棄的時候，看見她匆忙趕來，連聲說對不起，見了她的誠意我就繼續和她訪談，並且也很有效率地完成我的問題。正要結束時，我好奇地問了她遲到的原因，竟問出了和朋友童年很像的故事。讓我驚訝的是，我以為拚現金、以物換物是二十多年前的事，沒想到如今還有這種事。

　　事情是這樣的，為了養家，還有付自己與弟弟的學費，她從小就外出打工賺錢。剛剛遲到是因為今天餐館的事情變多，待洗的盤子也更多，她必須用加倍時間洗餐盤，因此錯過了早一班的公車。我為她一位大三生卻要擔負這麼大的生活壓力感到驚訝，隨口問了是不是家中沒有大人幫忙？

　　她說父母都在，只是身體欠佳，平日都種一些菜，然後走到鄉下的小市集去交換食物。她們住在很偏僻的山裡，出入不方便，所以大家就約好在一個地方交換食物。她繼續說著，我卻有些不忍心，心想要如何幫助她，她卻表現得很樂觀，讓我知道努力的人是有機會，而且不用擔心的。

　　今日聽了朋友的童年賣菜、生意之旅，和這位女同學的經歷，讓我瞭解世上真的無難事，而是態度要正確！我真的很幸運有機會認識他們！真是福氣！

II-22
後院裡

近日發覺許多人開始喜歡待在自家的後院，因為 COVID-19 讓人不安，在自己家的後院活動，就如全民運動般流行開來。較大的院子，能活動的項目很多；而院子較小的，最多就在院子繞圈圈；當然也有不少人開車到人煙稀少的山坡走走，人類如果一直宅在家裡真的是不健康。

我最近會抽空在住家附近的公園走走，只是看到有人走過來時，都要保持適當距離，連平日大家見面都會說 Hi 的習慣也改了，只能遠遠的看著對方，揮揮手示意一下。不過，能在公園裡看到新生的花草及樹葉，頓時有療癒身心的感覺，看著大自然的生命力，也給予我們這些一直圈在家中工作的人很大的安慰，大自然的一切就是給予人類最大的能量！

最近發現一些有趣的現象，讓人覺得溫馨又甜蜜。因為 COVID-19 理髮店及美髮店都暫時休業了一陣子，好不容易開放一下，絕大多數的人還是不敢上門修剪頭髮。然而，在 Zoom 上多少還是要見到參加會議的人，為了不讓自己的頭髮過長以致看上去無精打采，就開始自己想辦法弄短頭髮。因此，喜歡待在後院的原因又多一個，那就是在後院 DIY 修剪頭髮。有些人拿了兩面鏡子，一前一後自己修剪；有些人找自己的另一半幫忙修

剪；更有一些是家中的小朋友拿起剪刀在父母親頭上剪啊剪的。
如果你剛好經過這些正在修剪頭髮的人家時，總會聽見往右剪、
往左剪，或再短一些等對話。偶爾也能聽到尖叫聲，那幾乎是可
怕的慘叫聲！聽說最糟的狀況，就是男生最終只好理光頭，只是
不知女生會變成什麼髮型？

　　沒想到以前美國人偶爾待一下的後院，現在變成一家人團聚
又溫馨的角落！尤其是多了有趣而又溫馨的剪髮記憶！

II-23
貨郎鼓

　　最近因為疫情，整個社會氛圍有非常大的變化，例如：許多人需要在家用餐，因而練就一身好廚藝；而居家上班的工作結束後要說些什麼呢？分享童年趣事就成為大家喜歡的話題之一。例如，朋友說他最想念小時候的「貨郎鼓」，貨郎員在遠處會搖一種鼓，聽到鼓聲，村裡所有的大人和小孩便會不約而同出來圍著貨郎員，好奇地看著他推車上的小東西。

　　推車上除了一些日用品，最令人喜愛的莫過於推車上的麥芽糖，一角錢可以買到一小塊，小孩買到後就會開心一整天。每次看著貨郎員在切麥芽糖，小朋友總是心中默默期望貨郎員的刀子可以斜一點，切下來的糖就會大塊一點。我聽了之後覺得好生羨慕，因為我沒有跟貨郎員買東西的經歷，只記得小時候有人會來家裡幫我量身做衣服，師傅總說這次又長高了，還說要做一頂帽子等等。

　　我的童年也有麥芽糖，是兩塊餅中間夾著非常香的花生粉片（那是賣糖師傅用刨子刨下來），然後用麥芽糖漿合起來。唯一讓我不解的是，大部分的人都要加香菜，而我只喜歡沒有香菜的麥芽糖餅。至於童年我最想念什麼零食呢？我還真想不起來，不過我倒很想念小時候每天午睡起來有點心吃的感覺。

　　每天的點心幾乎都不一樣，有綠豆糕、紅豆餅、芋圓、肉圓、碗粿和杏仁茶等，都十分好吃。記得有些時候是午睡還沒有真正睡醒，都是吃完點心才真正醒來，然後玩一下，看一下故事書，又是一天了！所以，童年對我來說應該就是這樣無憂的快樂，不知你的童年趣事又是什麼呢？

　　突然想起，人可以聽到聲音就判別東西嗎？聽聲辨鼓真的可以嗎？我們可以來想想。

註釋：

　　事實上在 1966 年 M. Kac 教授就提出如何聽聲辨鼓這個有名的問題（https://www.math.ucdavis.edu/~hunter/m207b/kac.pdf）。因為鼓聲的傳播和熱的傳導現象有些相似，所以數學上用特徵值方程來看這一類問題，但是要如何清楚分辨兩個聲音一樣的東西是否一定是一樣的形狀的結論，並非那麼容易說清楚。在 1992 年，由三位數學教授 C. Gordon、D. L. Webb 和 S. Wolpert（https://citeseerx.ist.psu.edu/viewdoc/download?doi=10.1.1.237.4823&rep=rep1&type=pdf）提出了論證，證明了有相同聲音的兩個物體，但是這二個物體不一定有相同的形狀。可喜的是因著聽聲辨鼓這方面問題的提出，後來也發展出譜幾何的諸多有趣的研究。

　　例如下面兩個不同形狀的鼓面，但卻有相同的特徵值，亦即相同聲音。

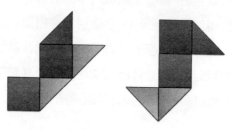

II-24
零用錢

　　幾乎每個人在開始工作後，都會說拿到第一份薪水就要請客，或是要買什麼，尤其大學畢業時，大家都一直叮嚀，不要忘了分享第一份薪水。想起理財專家總說理財要從第一份薪水開始，而最簡單的方式就是三分法，亦即，一份額外花費，一份基本花費，然後一份儲蓄。

　　如此簡單的理財忠告，能夠真正執行的人卻不多，尤其如何整理基本花費及額外花費的智慧，更要好好學習。於是，有人領了一年薪水，仍然不知如何儲蓄；也有人懂得理財之道，一、兩年之後就能有一桶金了。朋友說，她就是以少積多的習慣，努力找好的匯率存錢，所以除了三分法，還得學如何存放或如何投資。因此，每個人更得好好計畫該如何儲蓄，還有怎樣的花費開銷才是最有效率的！因此每個月 $\frac{1}{3}$ 加下個月 $\frac{1}{3}$ 到十年（一百二十個月）的 $\frac{1}{3}$ 是一個數目。而若是存定額的 $\frac{1}{3}$ 加利率，每個月存的方式更是另一個數目。唯一的考慮就是定存定額的中途中止有哪些損失，都是需要仔細瞭解的。聽完朋友的分享，我覺得儲蓄及投資真的是門大學問！

　　也許是我童年的經驗，培養了我的儲蓄觀念。記得小時候，父親總會在月初給我們小孩一筆零用錢，父親說這是我們的薪

水，想怎麼花都隨我們自己。其實爸爸說薪水兩字，我不太清楚其意義，也不知道零用錢的意思，我唯一知道的就是那些錢是我的，我可以隨心所欲用它們去買糖和玩具等。可是我發現，要如何適當使用零用錢真的很難。例如：糖太好吃了，不可以一下子買太多；玩具有些貴也要忍耐一下，否則月初熬到月底要好久。當然，尚未上學的我，也不知月初到月底有多久，每次只能買一點，存著明天還可以買點心的心情。

　　我曾經用了一個月的零用錢買了一個小玩具，但很快就壞了，接下來就沒有新鮮事可以發掘，當時覺得好悶，尤其看到哥哥姐姐手上有零用錢時，我更加知道一時衝動的後果。也許這是父親要我們學習的功課之一，雖然小時候不知如何儲蓄及理財，不過也養成我們惜物的好習慣，只是我們每個小孩個性不同，在零用錢的使用上就有不同。不論如何，我長大後一直很感激父親給我們零用錢的用心！

II-25
第一次的記憶

　　每個人都有許多第一次，有的人因這第一次的嘗試，變成了終身的習慣。例如有些飲食習慣：喝咖啡喝上癮；吃過一次榴槤，便吃上一輩子等。也有人因第一次的經驗，再也沒有勇氣或機會再試。例如有人覺得可怕的 blue cheese（藍乳酪），或可怕的臭豆腐，或是坐雲霄飛車等等。因此，第一次的印象在每個人心中有很大的影響。今天和友人談起深刻的第一次這個話題，倒是道出了幾分有趣和感傷。

　　朋友說他小時候第一次和朋友去山上砍柴，山中風景秀麗，空氣清新，完全忘記砍柴的辛苦，上山砍柴竟成為他早餐後很喜歡的活動。有時候他還會忘情地躺下來感受，彷彿整座山都是他的，風是他的，樹是他的，連天空都是他的，那感覺真是太好了！所以到了今日，他還是喜歡上山走路，和山上的花草樹木為伍是他的最愛。不過，他某次獨自一人上山，山上幾乎沒什麼人，欣賞完美景後正準備砍柴時，有條在扭動的東西突然出現在他面前，仔細看是一條綠色的蛇（後來才知道是青竹絲）。他當下一動也不敢動，想著蛇能爬多快，他就能跑多快，所以那天他沒砍到柴就趕緊跑回家了。我想山上的美一定比那次蛇的驚嚇來得大，所以他到現在仍然會到山上散步。不過這第一次遇到蛇的

驚嚇，對一個九歲小孩來說確實不小，我真的覺得朋友好勇敢。
朋友倒是輕鬆地告訴我，被嚇一次是好的，以後他到山上更知道
要如何保護自己，同時也學會不打擾其他的動物。

　　想著我印象深刻的第一次，可能是從上學的第一天開始。記
得第一天上學，媽媽帶著我到學校，到一個大大的板子上尋找我
的名字，看我在哪一班上課，然後母親就帶我到大榕樹旁的教
室。老師和母親說了幾句話後，指著第三排第一個位置說這是我
的位置。我突然感覺非常不安，緊緊牽著母親的手怎麼也不放。
母親和老師都安慰我，但我覺得我會孤單的被留在那裡，所以我
的手加緊牽住母親。最後是母親說她會在窗邊看著我、等著我，
我才放手。上課時我真的一直盯著窗外的媽媽，也不知什麼時候
自己被老師的教材吸引了，直到下課才跑出教室投入母親懷抱。
有了這次經驗，我瞭解到媽媽可能有些時候不能一直陪在我身
邊，但她會在附近或家裡等我，這是我第一次學到從不安到安心
的經驗。

　　第一次出國時，雖然知道家人在家等我，也知道母親正如小
時候那樣精神陪伴，想著自己長大更要勇敢，但在飛機上，眼淚
還是像自來水一樣流個不停，整張用來遮蓋臉部的報紙都濕了。
西北航空（現在的達美航空）的空姐還特地陪著我、安慰我，直
說去讀書就是這樣，還一直誇我勇敢。最後，哭累的我睡著了，
一覺醒來到了美國，開始我的留學之路。如今想來，這個第一次
雖然辛酸，但還是好的，因為這個旅程讓我學習，也讓我成長。

　　回國後第一天上班，這次我真的一個人去，我以前的經驗給
予我許多鼓勵及勇氣，所以第一天上班除了少許緊張外，我是自

在的。沒有想到意外地我看見了兩位同事的父母非常殷勤的陪伴他們來學校報到，原來好多人的第一次發生在不同時候，不過這些第一次的經驗，對於後來應該都是美好的！正如數學上一個有趣的事，那就是將 9 個 1 乘上 9 個 1，正如我們將許多第一次所學的合在一起一樣。那麼結果是什麼呢？你是否願意猜一下呢？

　　111,111,111×111,111,111=12345678987654321 一個完美的數目出現。

註釋：

如何算 111,111,111×111,111,111 呢？

除了可以直接相乘以外，我們還可以觀察
$$111,111,111=100,000,0000+10,000,000+\cdots+10+1$$
$$=10^8+10^7+\cdots+10^1+10^0$$

所以我們要算的式子就是
$$111,111,111\times111,111,111=(10^8+10^7+\cdots+10^1+10^0)^2$$
$$=\sum_{0\le i,j\le8}10^{i+j}$$
$$=\sum_{i+j=k}C(k)10^k$$

其中 $C(k)=\begin{cases}1 &,k=0\\2 &,k=1\\3 &,k=2\\\vdots\\9 &,k=8\\\vdots\\3 &,k=14\\2 &,k=15\\1 &,k=16\end{cases}$

所以答案為 12345678987654321

除了直接算，是不是覺得這是一個有趣觀察？

II-26
幸福物語

　　當我是研究生時，每個暑假不同的研究中心都會舉辦 Summer School（暑期學校）讓研究生參加，一則讓學生增加學習的廣度，另外也能有更多機會和外面學校的教授學習。而教授們的 Seminar（研討班）亦是他們之間相互交流的好機會。

　　在研究生的第三年時，正巧訪問的地方是 Utah（猶他州）的 Park City（城市名）。記得那年的研究主題是幾何分析，參加的教授及研究生非常多，我也在這個美麗城市度過近兩個月的美好時光。我記得每天早上都是 Lecture Session（主題式上課），而下午則是 Discussion Session（討論課），每天都很忙。主辦單位非常貼心地準備了三餐和住宿，目的就是讓我們這些研究生能專心學習。週末則會辦烤肉或營火晚會，讓來自不同學校的師生更有機會相互認識。這些活動的效果確實很好，到目前為止，許多在學術界的朋友還真的都是從那時候認識到今日呢！

　　最近因著疫情，總有人會說什麼是幸福！是錢多、事少、離家近的工作，還是海參、鮑魚加香菇的美食呢？今天想起 Park City 的研究生活，真的叫幸福！除了學術上的益處之外，我在這座城市也經歷了幸福的滋味。Park City 是個滑雪勝地，所有旅館到了冬季都會客滿，而房費還不是普通的貴，是非常、非常昂

貴。主要的原因是，這個城市的地形特殊，雪的厚度及溫度非常適合不同的滑雪需求。因此，這個城市曾經舉辦了冬季奧運會。

　　整個城市因為冬天的繁華，整理的相當完美，夏季則是這個城市的淡季，學術單位才有機會舉辦活動，一來讓所有的旅館仍有人氣，二來整個城市依舊保持生氣；我們這些研究生也才有機會住在這些豪宅旅館裡。更特別的是，城市裡的公車都是免費的，不管在哪裡招手都可以上下車，公車上的司機都很熱情親切。更可以看到置放冬天滑具的設施。在美國去哪裡都需要自己開車的我們，在這裡突然覺得能這麼自在又安全的坐公車，真的很幸福！

　　另外的一種幸福是和人相處的感覺，也許這是個主打觀光的城市，當地人的熱情也是一種特色！有一天我搭公車去採買東西，公車上有兩位小女孩，大約七、八歲，她們很好奇地看著我，然後很靦腆地問我，可不可以讓她們摸一摸我長及肩膀的頭髮，她們很想知道東方女生的頭髮是什麼感覺。看著她們興奮的樣子，真是可愛極了！我們相互聊了幾句，才知其中一位女孩是跟她父親來到這個城市，而另一位女孩則是當地人。當她們知道我的研習時間後更要約我再聚。後來的每一天，她們都會到我住的旅館等我，然後再摸一摸我的烏黑長髮。有時候她們只是為了看我一眼，然後就自己在旁邊玩。我覺得這樣的小女孩真的很特別。

　　有一天，大一點的女孩跟同伴說她很幸福，因為她父親隔天會做花生醬三明治給她和她的朋友，讓她們去野餐。果然，第二天她倆很幸福地吃著最愛的花生醬三明治，她們對我說，其實她

們是吃「海鮮三明治」。我不瞭解地問為什麼是海鮮三明治？她們非常仔細要我看她含在口裡的食物，然後說「see food」（看見食物）就是 seafood（海鮮）了！真是好幸福啊！

　　離別的日子來的很快，只不過不是我離開，而是那位大女孩的父親要帶她離開 Park City 到另一個城市了。那天一早，她們來跟我說再見，我內心真覺得不捨，尤其是這麼小的女孩，還記得來和我說再見。大女孩的父親似乎是接臨時工的，所以她就這樣隨著父親的派遣工作，一個接一個城市的旅行居住。這樣的女孩倒也看不出世故，反而有份不同的單純。她似乎感受到我的不捨，只說謝謝這些日子以來給她的幸福感。

　　記得美國國慶日那天，有些研究生為了慶祝這個日子，提議大家去城裡的大公園草皮看煙火。我們一群人搭上公車到公園，公園的山坡上雖然人很多，但土地很大，所以每個人旁邊的空間也很大，這是我第一次在陌生的地方躺下來。九點鐘開始，國慶煙火在天空閃爍，是種非常單調的煙火，沒有什麼特別的花樣，就是啾！一聲飛上空中，化成萬點星光下來，然後又是一模一樣。奇妙的是，這樣的煙火夜晚，躺在草皮上的我好感動，覺得好幸福，原來煙火不需要什麼花樣，而是整個氛圍。

　　終於，煙火放完了，整整一小時，幾乎沒人捨得起來離開，因為我們都嘗到了幸福的味道。最後，公園要關門了，我們才不得不起來走回旅館（公車晚上九點就下班了）。在人群中走了近兩個小時的路，一路上誰也捨不得多說什麼。走回旅館的路那麼黑，可是一點也不害怕。正如大女孩告訴我的，每搬離到另一個城市，並不是什麼壞事，重要的是她一直感受到幸福！是的，當

我疲倦地走回旅館，看著小女孩送的小花，覺得自己真的賺到了
好多幸福，原來有一點點心酸就是因為幸福！

II-27
將最好的留給你

記得小時候讀童話書，有一則印象深刻的文章是「孔融讓梨」，寓意是身為弟弟的孔融，主動將較大的梨讓給哥哥。一般來說，當哥哥的大多會讓弟弟，所以才有這麼一則弟弟禮讓哥哥的寓言，主要目的是教人要有禮讓之心。

還有一個「挑穀情深」的兄弟情，亦是令人感動的故事，內容是：從前有對兄弟，他們非常友愛，長大後各有妻室成家，父母便讓他們分家而居。分家和分田是從前的習俗，於是他們兄弟倆就分家了。到了稻穀成熟的時候，兄弟倆就把打好的穀子，各取一半，挑回家去，堆在門前的曬穀場上。到了晚上，做哥哥的心裡想：「弟弟年紀這麼輕，兒女又那麼小，我應該多多幫助他才對。」心中決定後，就起身悄悄地挑了一擔穀子，送到弟弟的倉庫。這時，睡在床上的弟弟也想：「哥哥兒女多，又年長許多，只分到那幾擔穀子，怎麼夠吃呢？」於是他也爬起來，悄悄地挑了一擔穀子，送到哥哥這邊的倉庫。

第二天早晨，他們都發現自己的穀子沒有減少，覺得非常奇怪，心想一定是挑的穀米不夠多。於是第二天晚上，哥哥又挑了多一倍的穀子到弟弟家去，弟弟同樣挑了多一倍的的穀子到哥哥的倉庫。結果一早起來，他們又發現自己的存穀都沒有減少。他

們心想，一定是挑的東西還不夠多，因此各自決定第三天晚上要多挑幾次到對方的倉庫裡。到了晚上，兩人就各自起來，要來來回回挑穀子到對方家裡。沒有想到在哥哥最後一趟挑穀子到弟弟門前時，恰好遇上弟弟也挑著更多的穀子，預備送到哥哥家去。這一見面，兩人熱淚盈眶，無法言語。.

這是古代的寓言故事，這對兄弟的心裡都受教於父母「將最好的留給你」的想法，每次讀來都令人十分動容。我們常常都接受父母給的最好的部分，卻很少察覺，若這是發生在情侶之間，一定感動得芳心相許或君心怦然。什麼是「將最好的留給你」呢？例如吃飯時有人總把最好的那盤菜默默留給你，或是在高山上，有人煮了一壺熱茶，免費供人飲用暖身，亦或是總有人提供備用雨具，讓人免於雨淋之苦？還是當我們有需要時，就有人為我們準備我們的所需？

朋友說他以前看到有一家人很特別。在這家人的後院，總是掛著一塊曬到出油的豬皮。很有趣的是，這家人要出門前，都要去一趟後院，用手收集豬皮上的油，然後抹在嘴唇上，出門後在外人看來，就像這家人剛剛吃完肉，嘴邊仍有豬油，讓別人知道他們家很有錢，日子過的非常富有，走起路來也覺得有風！

我好奇地問為何如此？這樣豈不是自欺欺人嗎？原來，這家人的長輩住在附近，身為晚輩的他們總是將最好的東西送去給長輩，又不想讓長輩覺得晚輩過得不好，於是這家人想出了這個方法，讓人感覺這家人每天都有肉吃。原來，「將最好的留給你」總是那麼溫暖！

想起以前讀大學，每次回家時，家裡到處都是我最愛吃的東

西，媽媽總是笑瞇瞇地說今天剛好準備的，而這個剛好準備的，
到今天才更加明白，這就是「將最好的留給你」的心情！

II-28
智者樣子

　　距離回國的日子還剩下一個多月。因著美國每一州規定不同，開放後造成愈來愈多的感染病例。有些州好不容易控制住疫情，卻因部分民眾不在意，開 party（派對）群聚，讓很自律的州或城市多少受了影響。想著要讓人們有共識該怎麼辦呢？正如有些年輕人對 COVID-19 疫情一直不以為意，導致年輕人得病快速地增加。也許大家都希望奇蹟的疫苗趕快出現，可在這之前，人類該學什麼功課呢？這幾個月的停留，看著疫情的發展，深刻體會人的自省十分重要！

　　今天散步到公園的迷宮裡，因為大家需要保持六呎，所以沒人去玩。我隨意進入，發現如果沿著路徑一直往前，怎麼樣也走不到目的地，但是只要往前走一走，再適當地方又往後一點點，就發現往前的路徑才會真的到達目的地。這似乎在告訴人們，有時需要適時的停一下或往後一下。這些停一下及往後幾步，才會讓我們真正能夠無阻礙的向前。正如疫情，我們無法用自己的方便來想，有時候停一下（例如居家令）看起來是往後，實際上在控制疫情方面是往前的。

　　正如數學上許多局部的性質般，雖然每一小部分都有不錯的性質，但是合起來能否有整體的性質是需要看仔細並且知道

「合」起來的可能性。所以停一下，要觀察能否有整體的性質。例如走迷宮一樣，得往前往後一下看如何可以連接起來。正如疫情控制一般，不能只有亞洲控制，歐洲不用或是美洲隨意。也許這一次讓人真的學到要有整體意識了。

2020 年 7 月 11 日是很重要的一天，美國總統川普終於在公眾場合戴上口罩了。這真是從二、三月以來最重要的一個印象，有多少時候，大家為了美國的生活習慣和防疫是否需要口罩，爭論不斷。雖然不是有口罩就不會生病，然而維持社交距離，勤洗手及口罩都是防疫的好方法。但是在位者的態度會影響人們，無怪乎公眾人物都要有社會責任，給人們一個好的榜樣。川普總統在疫情持續增長的壓力下，終於做了一個榜樣，讓是否戴口罩的爭議畫下句點。只是整個國家的經濟及人們的生活，因為這個口罩議題付出了很大的代價！

是什麼讓人們需要有個規則遵行呢？一般來說，每個人都不同，發生的事若不會影響大眾，有沒有榜樣似乎也不重要，但會影響整個國家或全世界時，有好的決策表現就變得非常重要！不過，怎樣的決策、怎麼執行，需要有相當的智慧，尤其聽者也需要有智慧。

怎麼說，最近朋友告訴我一個故事，更讓我相信每個人都要致力成為一個有智慧的人。一位年長者去看醫生，做完檢查後，醫生看了看報告說了一句：「你每天要多吃高鐵的食物。」之後，年長者每天都到高鐵站買兩個便當，餐餐不忘高鐵的食物。

你說到底是醫生說錯了，還是年長者做錯了？所以，如何做個有智慧的人，永遠是一門很重要的功課！

II-29
機位和看診的事

　　前陣子聽說，有些趁著中國新年假期來美國的華人觀光客，因為疫情造成飛機停飛，直到現在過了半年還在等機票回家。一個沒有計畫的計畫，令人感到更加無奈。這次疫情對每個人的影響出現不同的面向，有些人因著居家令和家人感情更好，也有因此而翻臉不說話的，或者明明住附近卻無法真正接觸的家人。例如我的老師，他以前每天最開心的事，就是和自己的孫女一塊兒玩，然而疫情之後，他卻不能和孫女接觸，只能遠遠看一下。因為孫女的父母都是醫生，每天在醫院上班，他們一家都是高危險群。為了安全，孫女無論如何也不能和祖父母接近。這樣的情況和有家沒機票回去是一樣的，無奈加無奈的感覺，不知什麼時候才是盡頭

　　我原本很慶幸我的機票應該沒問題，但兩個星期前，美國境內飛機班次減少，臨時被通知要更改班機。原本只要轉機一次，現在變成不只要提早出門，還得多轉機一次。此外，轉機時間只有五十分鐘，想著疫情越來越嚴重的美國，多轉機一次似乎就多了一個風險。然而，在這不方便的時候，我也只能接受，畢竟這些訊息仍然告訴我有班機可以搭，況且航空公司還很貼心安排了座位及相關事務。

　　然而，最近接到一個很不可思議的訊息，是由美國直飛臺灣的一班飛機，很奇妙的是只有一個 E-mail 通知，內容簡略地看起來像是封病毒信，什麼相關安排都沒有，感覺旅客回程的一切都和他們沒有關係。印象中，這家算是亞洲有「最好服務」美名之一的航空公司，真的很奇怪只有短短的訊息：「你的班機已經取消，請自行聯絡。」這樣的訊息和之前美國境內航空公司通知我更換班機時的處理方式差別很大！頓時更能瞭解，那些從 1 月分來美國，到了 7 月回不了家的旅客們的心情！我只好積極尋找其他可能的班機，為我的回程努力。所幸，最後訂到另一家航空公司的班機，這才放心，希望這次不會再有更改或取消的事。另一方面，我只能去退一開始在臺灣買的機票。

　　近日因美國疫情嚴重，更加讓人覺得焦躁不安，隨著不同州的疫情發展，更不知什麼時候才能恢復正常。連之前一票難求的美國來回機票，都會發生取消班機的事，我相信不管在哪裡，經濟一定都會因疫情大受影響。就連大家不得不去看慢性病的醫院，也受到不小影響。大家怕去醫院，但有慢性病的病患又不能不去看醫生。為此現在都改成網上看醫生，而醫生就直接在網上開藥。

　　我因為自身的一些慢性處方需要補充，也經歷了網上看醫生。雖然無法面對面看醫生，但 Park 醫生很仔細的一個一個項目和我核對，最後我需要去抽血做確認。本來擔心去醫院抽血有風險，到了醫院才發現，需要有通關密碼，然後由專人帶入檢查室抽血，一切都隔離得很好，讓我安心不少。

　　回家後隔了幾天，醫生就用加密的方式寫信告訴我檢查結

果。另外，拿藥也是用通關密碼，到了藥局再由專人拿藥出來，我的慢性處方就這樣得以補充，頓時覺得能網上看醫生及隔空拿藥，真的很有效率。另外，能和醫生 E-mail 詢問身體狀況也是一件很方便的事。原來在疫情焦慮的另一面，也是有好的處理方式讓人安心！唯一和平常的不同是，本來我需要在約定的時間到達醫院看醫生，現在是在約定的時間和醫生連線。但無論如何，都可以在約定的時間內看到醫生。

想起每次在臺灣看診，排隊都好長，雖然可以在網路上查看醫生看到幾號，但內心的壓力還是不小，因為每個病人情況不同，無法預測真正的等待時間。用網路直接看醫生，何嘗不是一個安全又快速的方法。當然，這是在疫情中的看病方法，能夠真正和醫生面對面並且有「望聞問切」及「辯證論治」才是所有病患之福！

數著即將返臺的日子，看著每天疫情的數字，真的每天學會能安心，才真是好福氣！

II-30
留言記事

　　中學時，教室黑板的右下角為了記錄，總會有幾個固定的字加上幾個更換的字。例如距聯考還有 ＿＿ 天，今天值日生 ＿＿、＿＿ 兩位，而這空白之處就是每天需要填上去的位置。到了大學，教室不再固定，這些固定的記錄自然也就沒有了。不過有一些老師仍然不忘，會在最右邊角落寫什麼時候交作業、什麼時候考試，這些留言似乎不是很重要，但具有提醒的作用。不知道古時候，人們又是用什麼方式提醒及留言？

　　記得中學時，在每一個車站都有一個小黑板，我閒來沒事便會去閱讀那小黑板上的留言。因為在那小黑板上，總有留著許多精彩或是不捨的句子，常看到急於返部隊的阿兵哥，一直在等他的情人或是家人，但車子即將出發，這時他們便會在這個小黑板寫著，例如：「芬，我回部隊了，阿勇」，「玲，我先回家，進」或是「阿忠，我搭三點十分，玉英留」當然也有「小子，先去姑姑家，父留」，「老爸，我去外婆家了，小尤」諸如此類的留言，其內容之精彩，是非常多面的，而最大的功用是對方看了知曉。有時候我還真怕到底誰能看懂這是留給哪一位的？不過這個留言真的有它的功用，許多人因著這塊小黑板相聚相依，只是現在人人有了手機，車站的小黑板早已消失，只剩下一群低頭族滑手機的景象了！

　　記得剛來美國時，並沒有見過可留言的小黑板，不過倒是每家電話都有答錄機，當對方沒接到時就可以留話給對方。第一次買了答錄機，還非常興奮地要父親從臺灣打電話來美國留話，體會一下新鮮感！而留話和留言一樣，有些時候也會弄得讓人搞不清楚。例如小黑板上寫的「芬，我回部隊了，阿勇留」，不知道是否可能有兩個芬，兩個阿勇，然後有擦肩而過造成誤會？曾經有一則留言，讓我花了一個晚上尋人的經驗。事情是這樣的，一位老師來美國，他想順道來看我，所以他留言說他人在小臺北，要我下課去一趟小臺北。下課後我和朋友開了一個多小時的車程來到中國城。到了那邊才發現小臺北不是一家店，而是一個區域。那時沒有手機，也沒有可以留言的小黑板，這下怎麼辦才好？最好的方法是像在百貨公司一樣，可以到服務台廣播說「某某先生，請您至服務台，有人找您」，可是小臺北區不是百貨公司，它是一個小城市。因此我們就一家一家餐廳的去問有沒有我要找的老師。幾乎整個城市都已經被我們問遍了。餓著肚子的我們已經被小臺北折騰成了餓扁族！期間又打回家查聽一次答錄機，看看老師會不會因為等不到我們而有新的訊息。怎知還是一樣「我在小臺北等你們」，哇！小臺北，今天對我們來說卻像個大世界，正當我們想放棄時，進了一家小店，終於看到了老師，那時真想大哭一場！不過我還是很感激答錄機的存在，才有機會和老師聚一聚，雖然為了找他好像尋了一個世紀！

　　在科技進步的現在，應該不用煩惱有沒有可以留言的小黑板或是答錄機，可是我卻發現很難留下我的感觸、我的思念。因為小黑板無法寫，答錄機不知怎麼說，尤其在疫情的這段期間更是

擔心，令人掛心不已，原來終究還是有一種留在心版上的留言：
是的，我的留言是希望你一切安好。

II-31
歲歲平安

　　中國人有許多留傳下來的美德及好的習俗，有些時候用點心去體會，真的會覺得老一輩的人好厲害。例如農民曆清楚記載了四季節氣，無論科技有多麼進步，日子是用西元或是民國，但是農民曆的春分、秋分、大暑、冬至等等，天氣都會很準時呈現出來，還有筷子的由來等等。今天聽到祕書說她不小心打破了一個小碗有些沮喪，這時我想起中國人遇到這種事時，常會說的「歲歲平安（碎碎平安）」，於是就翻譯一下告訴她，她聽了非常地高興。是的，她的碗破了，但是她的手是平安的。在旁的朋友說他也有過打破瓷器的經驗，他的第一次是發生在他還很小的時候，還沒有什麼記憶，是他的父母親後來告訴他發生的經過。他說在他兩、三歲時，因為生病需要每天喝中藥，他的父母每天都會用陶器的藥罐子燉藥給他喝。小小年紀的他到底知道了那壺藥罐子的功用。所以有一天趁著火爐上正燒著藥罐子之時，他用了一個小鐵湯匙狠狠敲破藥罐子。他父母發現時，藥湯早已快將火爐的火熄滅。在他小小心靈裡，一定覺得只要藥罐子沒了，他就可以不用再喝藥了。他的父母看著破裂的藥罐子，也是百般無奈。畢竟小孩還小，尤其加上天色已晚只能明天一早再去買藥壺。怎知隔天大雨不停，一耽擱又得等上一、兩天。就在這兩、三天的功

夫，朋友的病好了，於是真的不用再去買藥壺煎藥了，聽朋友說來還真神奇。不過我仍然很佩服他那麼小怎麼會去將藥壺敲破，一定是藥很苦或者說他已經知道他的病已經快好了！（果然碎碎平安）。另一位朋友聽聞這位友人的聰明之舉後，連忙說我們快點去買治 COVID-19 的藥壺來敲破藥罐吧，那麼 COVID-19 將會有機會不見了！

其實我也有敲破碗盤的經驗，如果那一個盤子或是碗有特別紀念價值，那麼打破的那一剎那是看了又看，希望能夠補上破痕。不過我有一次很害怕的經驗，應該是我長記性以來第一次打破碗盤。那是一個夜晚，母親在客廳忙著桌椅的預備，因為隔天家裡會來兩大桌的客人。年紀小的我當然幫不上忙，所以蹲在廚房外頭的長廊玩著玻璃珠。因為太興奮了，不小心將母親整理好的兩疊不算太高的碗和盤子，狠狠地擊倒。劈哩啪啦，兩疊碗盤全倒了。我的玻璃珠太厲害了，竟然將八成的碗盤打碎，這個成績堪比保齡球的全倒功力。我心裡想這一下真的完了，真的闖了大禍了！不等母親過來，我自己先去認罪，也不知為什麼我竟然跪著跟母親說對不起，心裡覺得一定要被處罰了。怎知母親心疼地看著我問：有沒有受傷啊？然後要我不要在危險地方玩了，知錯能改最重要。看著母親努力地清理那些碎碎平安的碗盤，我就入睡了。第二天清晨，看著又有兩疊母親連夜去買回來的碗盤擺在桌上，我眼淚一直掉，母親還一直安慰我，母親真的太辛苦了，一天之中要忙著招呼客人，又要安慰我。如今想來那碎碎平安的碗盤，給予了我完完整整愛的滋味～歲歲平安！

II-32
我的志願

　　最近可能大家因為居家令的緣故待在家裡太久，所以無形中就多了許多和自己相處的時間。工作或上學時總想著如何學習和人相處，而今更多的人則在思考要如何與自己相處。另外也有許多人想到「我的志願」，因為這個志願可能會影響你的未來，也可能形成你和自己相處時努力實現目標的動力之一。

　　說到「我的志願」，不知有多少人實現了？一位朋友說他從小立志要當揚名世界的科學家，可是隨著年紀增長，發現自己離這個願望越來越遠。所幸這個願望一點也不空乏，他確實努力做一名盡責又優秀的科學家，只是「揚名世界」這個境界卻不是他自己可以想求就能求來的。

　　另一位朋友說他的志願就是「君子不器」。當然在他小的時候並不明白如何有一個偉大的志願，不過他知道努力成為人上人。生長在鄉村的他，在考完大學聯考後，接下來要到哪裡念書和念什麼科系都不是他決定的，而是由他高中老師替他安排。甚至對他來說，連要去念書的城市到底在哪裡他都不知道。然而他的成績表現非常好，之後在專業領域裡也非常有成就。他的學習及未來的發展都完全因著「君子不器」的精神和熱情地綻放在他的專業研究及生活上。我因他的這位老師能夠替友人做出如此屬

害且明確的安排而感動。因為這絕不是這位老師隨便替友人決定的，而是這位老師清楚這位學生的特質及瞭解哪一所大學的特色，能夠讓他的學生受到好的教育和訓練。能遇到這麼一位用心的老師真的讓人感到幸福！

　　說起我自己的志願是什麼呢？我真不記得自己許過多少個？唯一最清楚的是「要一輩子讀書」，但也不知道有哪一個志願真的可以一輩子讀書？考大學時倒是讓家人擔心了，也許應該說考試的結果讓家人覺得很意外。我的身體一直不太好，所以父母對我的期望只要身體健康就好，成績不用太在意。不過我的成績在我時常生病的生活裡，表現得還可以，也拿了不少獎學金。只是因為常生病拿不到全勤獎，雖然現在好像沒有什麼人在意這個全勤獎，然而當時可以拿全勤獎是很令同學們羨慕的。為什麼大學聯考考得不夠理想呢？除了自己當天身體不適之外，我竟忘了一個最重要的原因是沒有睡覺。以前聯考都是在交通方便的城市舉辦，如果不是住在交通方便的城市，通常考前一天就要去找地方住宿，還要先去勘查考場教室的位置，考試當天才不會慌亂。

　　當時我家附近並沒有考場，所以我需要考前離開家。我是一個非常需要熟悉感的人（這也是慢慢發現的，當時我並不清楚）。因此那時我是沒辦法好好睡覺。炎炎夏日的七月天，全憑意志力在支撐著我。記得考完第一堂之後，看到母親帶著小姪女來考場等我的樣子，我眼眶都紅了。因為母親她們在天還未亮之前就搭第一班的車子來看我，為我加油！而我實在不知如何開口說出我的不適。連著兩天昏昏沉沉的大學聯考，我的志願也就因著這樣光景的應考決定了成績，唯一沒有變的還是我「想一輩子

讀書」的想法。現在想起來真羨慕當時住在交通便利地點的考生，因為他們應該不會像我沒有睡覺而且身體不適的情形去應考。時至今日，若有人需要離家去考試，我的建議是一定要早一點去適應，並且讓自己早點安心。

事實上我的志願也促成我考托福出國讀書的因素。記得考托福當天，坐在十樓的考場裡，正搖著四級的地震呢！當時有不少考生真的衝出考場！當時我非常害怕地震的搖動，但也盡量保持鎮定地考完試。然而不管如何，「想一輩子讀書」的志願真不錯，到如今我仍然在執行著，想到有人想當揚名世界的科學家，有人是「君子不器」的傑出學者，胸無大志的我，如今有個「想一輩子讀書」的志願能達成，還真是幸福又幸運呢！

II-33
真假之間

　　古人說「秀才遇到兵，有理說不清」，不知現在這個世代的秀才們會如何處理「說不清」的狀況呢？

　　有很多時候，我們會處於一個灰色地帶而不知所措，例如黑白分明之事，那就是非黑即白，然而有些時候卻是公說公有理，婆說婆有理，於是你成為一個灰色的人，不知要往黑的地方多一點，還是往白的地方多一點！最近疫情之事，有許多國家領導人的態度，對該國疫情擴散與否有極大的影響。有些時候已經不是單憑專業就可以讓人信服，而是常常用權利讓人無所適從。例如有人就是不願意戴口罩，有人就覺得衛生習慣不是問題，所幸大部分的人都有不錯的判斷力，因此會盡量去做對自己身體有益的事情。而最近最流行的九字健康語：「不著急，不害怕，不怕煩」，聽了，想了，覺得健康的建言實在太難，唯有自己想通了、去做了，而且能夠分辨的「明」才是對的。

　　從前有一部電影《假如我是真的》，故事內容似乎是一個人一直偽裝成大官的小孩，每次犯錯都會被原諒而且沒有人敢真正指責他，所以這位少年一直都順順利利的做盡壞事。到最後他的假身分被發現，判官問他悔改不悔改？他卻反過來問判官說：「假如我真的是大官的小孩你會如何？你真會判我？」的諷刺。

　　最近因疫情之緣故，口罩和消毒液的需求量更是龐大。然而除了缺貨之外，市面上竟然充斥著許多「假的」或是「劣質的」產品，這些假的東西若是不傷人也罷，然而防疫口罩是真的需要能隔離病毒，防疫消毒液是保護手的好防護。但是我最近就經歷了一些假的產品，所幸一開始我就覺得怪怪的，所以停用了它們。怎知過了三個月商家也發現了這些假產品，還打電話來要我拿去退貨。想起來真的蠻害怕的，因為 COVID-19 的可怕不知道是不是故意的，而這些不及格的防疫口罩及消毒液卻是故意的，你說到底人比較壞還是病毒呢？

II-34
等待的滋味

　　不知最近你在等待什麼？是投資明牌，還是 COVID-19 的解藥？小時候總是覺得小說裡的武功高手厲害得不得了！輕輕一跳，施展功夫，然後這位高人就勝利了。COVID-19 就像一個武功高手，而全世界正等待另一個能夠打敗 COVID-19 的高人來解決它。到底什麼時候呢？是的，現在只有等待。

　　想起小時候只要爸爸去上班，總是要等一陣子（好幾個小時），用吃糖的速度來比喻，大約可以吃上六到八支的小棒棒糖，然後爸爸就下班回家了。而如果是媽媽出去買菜和辦事，大概是吃一到二支棒棒糖的時間，這是我小時候對等待時間的概念。因此我總覺得等待是喜悅的，就像棒棒糖一般，微微的甜、一點點的酸慢慢地融化在口中，最後最大的喜悅就是見到爸爸媽媽回家。

　　有次父親住院，母親必須在醫院照顧父親，在家陪我的只有年邁的祖母。那次的等待可不像平常吃幾支棒棒糖能算得出來的。年紀小小的我，不知為什麼心中覺得要擔起保護奶奶的責任，所以夜裡不太敢睡，但是又害怕自己不小心睡著，於是將平日收集的汽水、可樂罐全部綁在一起，放在大門邊，心想只要有人靠近大門，鋁罐的碰撞聲一定可以將我喚醒。奶奶倒是不擔

心，只有淺淺地笑著，然後回她房間。如今想來，自己當時真的很幼稚，不過這樣的等待之夜過了兩晚，終於盼到爸爸媽媽回家。

年紀越長，等待的事及人就越多，許多時候等待已經不復有舔著棒棒糖的樂趣，反而是焦慮及緊張。然而最近發現，生活真的像是一個圓，如果我們感覺生活節奏是很緊的，那麼自己在這個小小半徑的圓內就會非常不舒服。正如呼拉圈一般，一個半徑不夠大的圓圈掛在身上，不只無法運動，還會不舒服。因此當我想到棒棒糖等待的滋味，就覺得我的半徑變長，圓的半徑變大了，我的視野也相對變大！而且知道萬物變化總有時，無論是何事、何人，自己該盡好自己的本分。

如果四季是一個等待的教導功課，那麼秋收冬藏的日子必將會來。

II-35
臨行的心情

再過幾個小時，我即將返家了！時間是那麼匆促。如果用小時來算，2020 年在美國的時間總共大約是 3,960 小時。從一開始流感大流行的新聞，一直到 COVID-19 在紐約，漸漸地數字在各州上上下下的浮動，只是它們的表現似乎只往一個方向上升又上升。當然紐約在全州的努力之下，從最糟糕到目前最穩定。周邊許多朋友都是日日盼望疫情能緩和，尤其是一些想回家卻沒有飛機的人更是焦慮不安，每個人在心裡都有不同的煩惱及觀察。我看著我的行李，除了日用品幾乎用盡，一般正式場合的衣服倒是平平整整地放著，因為 Zoom 上課只要合適衣服即可，因此正式的衣服就被擱著在行李箱 3,960 小時。一些可能要去拜訪的計畫，也因著 COVID-19 居家令和在家工作的緣故被停擺。也因為花在電腦上面的時間相對來得多，有時候可以動筆寫寫東西就歡喜得不得了！尤其手上可以握有一本好書更是幸福。去散步運動時，發現越來越多的父母或祖父母帶著孩子出來，從親情的角度來看覺得相當好。因為學校因疫情都關閉，暑假的活動也都取消，所以父母得想辦法陪孩子。要上班的父母就得交給孩子的祖父母幫忙。有時候看著小朋友蹦蹦跳跳，玩得不亦樂乎的模樣，想來對現在工作忙碌的父母來說，最可惡的 COVID-19 是不是也

提供了最可愛的相處呢！

　　當我整理著回家的行李，發現 24 吋的行李箱竟然可以裝進 3,960 小時的酸甜時光！

　　我很感激，自己能夠在一個平安的地方訪問，每天都有學習及進步。雖然每天最擔心的是健康，然而健康何嘗不是平時就應該注意的事？只是自己以前會不小心將它排在後面。正如我的足底筋膜炎，一直沒有留意，最後變成每天都不舒服。希望在這邊學習的溫暖及自覺會成為一生的幫助！

II-36
我的回程和隔離生活

　　懷著一陣心酸的心情到了機場，內心的滋味像是一杯混合了酸甜苦的果汁。是的，我在熟悉的機場，我即將回家了！機場內的人潮就像一般凌晨時的機場一樣，非常冷清，往來的人不多，許多店面也沒開，只有一些工作人員。在候機室大部分的人都戴著口罩，而且靜靜地低頭看手機，冷不防來了一位不戴口罩又用擴音說電話的女士靠過來，頓時可以感覺所有人都像被一陣風吹散似的，趕緊遠離她。最後終於大家都上了飛機，而且很開心知道飛機還能飛，那麼因為疫情失業的人也就少一點了。航空公司如他們所承諾的，中間的座位不賣所以不坐人，大家就更加放心。只是坐我旁邊的婦人時不時拿下她的口罩吃東西，我只能盡量避開這一點。飛機上的空服員服務和平日一般，不過多了一些貼心，想到他們才是每天要面對高風險的服務人員，真是辛苦他們了。

　　到了洛杉磯，機場內的標示很不清楚，加上疫情的原因機場非常冷清，終於問到工作人員才知需要搭接駁車去另外的登機門，還好我沒有糊里糊塗地跟著人潮出了海關，當時蠻緊張的，因為轉機時間只有九十分鐘。為了搭接駁車得去搭電梯，有兩位墨西哥女士和我一起搭乘電梯，不料到了一樓，電梯就壞了，這

兩位女士在電梯內一直喊叫，我只好一直按求救電話，對方不知我們在哪一個電梯，我得趕緊找電梯編號告訴他們，真的非常緊張又無助，弄了半天終於電梯動了一下，好不容易電梯門才順利打開。終於來到要飛去亞洲國家的搭機點，同時段有香港、新加坡、越南、廈門還有臺北，頓時我開始擔心我的飛機會不會太滿？很驚訝的是，只有商務艙客滿，豪華經濟艙跟經濟艙都還能夠保持一段社交距離，幾乎每個人都會和別的旅客隔了兩個位置以上。豪華經濟艙好像也只有十多個人而已，所以這一區的位置可能是全飛機最有空位的區域。儘管如此，當我們下飛機的時候，我發現從美國及加拿大回來的人還是很多，所以入境隊伍排得很長。

在飛機上幾乎有一半的旅客看起來好像在高科技無塵室的地方工作，他們將自己包得非常緊！非常多的人都不敢動也不敢吃東西，就這樣足足經歷十二小時之久。坐在我附近的一位婆婆後來終於忍不住了，問我她可不可以吃東西？還試著跟我講幾句話，她說她真的快憋死了！真的是太難為婆婆她了，我想新冠肺炎病毒很可怕，但是媒體過度的報導似乎更可怕！不過凡事謹慎一點總是最好的！

一回到臺灣因為需要居家隔離，要排隊填所有的資料，所幸有手機的人可以用 QR Code 線上辦理，這樣就可以省下一、兩個小時的等候時間。最後終於拿到行李出了關，坐上有防護的車子到隔離住處了，村長馬上在線上給我所有防禦須知，要我接下來的十五天，每天一定要回報我的身體狀況，否則……。學校方面也派人關心，同時要我早晚都要回報一次，並安排護理師常常

詢問我的身體狀況。為了校園的安全也一再叮嚀二十一天之後才能去學校（這是學校的規定）。政府的 CDC（國家衛生部疾病管制署）也有一個系統，要我每天早晚回報，無形中我好像回到小學一年級，要常常跟級任老師報到一般。我不知道為什麼不能全部整合成一個通報系統就可以，也許是怕居家隔離的人太無聊了，所以想辦法讓居家隔離的人忙一點？不過為了大家的安全覺得能夠這樣仔細還是比較好。另外村長還送來一些乾糧食品以及防疫清潔藥水！每天總有不定期的一些關懷電話和訊息，因為手機不能關，也不能開飛航模式，所以不可能錯過這些關懷，沒想到在這個時候會有這麼多不認識的人關心我！

這些檢疫事務是防疫的一環，所有的不方便，若是可以讓大家更安全，那麼這十幾天的不方便是值得的。最令我感動的不只是這些關懷管道，還有安排一週一次來幫忙拿我清理好的垃圾，因為用專業角度來看，這是相當安全而且保護周遭環境，畢竟居家隔離的衛生安全相當重要。因此我每天非常小心用稀釋過的漂白水在生活空間定期擦拭，並小心地處理垃圾。另外有一點不方便就是有人送東西過來，因為我無法出大門，那麼就真的需要有人幫忙將東西先送到門口放著，等他們完全離開後我再取。所幸大部分宅急便的人員都能貼心的幫忙！幸運的是住在附近的外甥也幫了不少忙！當然家人和朋友們的關懷更是讓我非常感動！有時候想什麼是幫忙呢？那就是在人最需要的那一塊使上力就是了！就如有人說什麼是愛？那是對「接受的人」讓他（她）有感覺才是。「宅急便」不知是誰想到的？最近的生活我真的是在宅裡，需要一些即時的便利呢！朋友問我隔離是不是很

不舒服？事實上能夠有這樣機會和自己相處，倒也是美事一件。因為自己會去想辦法在有限的空間及糧食上餵飽自己的肚子之外，精神層面也會更加專注，並且注入更多元的學習。是的，生活（LIFE）就是學習優秀：正如 L 代表學習（Learn），E 代表優秀（Excellent），還要加上有應變許多可能（if）發生的事物的能力，於是組成了 LIFE。

　　加油吧！生活（Life）！

II-37
痛的感覺

痛是一種感覺也是感受，真的不知如何用一個度量來量一量，像多少斤的米、多少毫升的雨、多少加侖的油，甚至是以一公升為單位的眼淚，都可以大概明白是什麼狀況。所以痛到底該怎樣具體形容呢？痛到命都沒有了！痛得什麼都不想要！

到底為什麼會感到痛？從正面來看，痛可能是一個求救訊息，它讓我們知道哪裡有問題。例如不小心摔了一下，除了表皮外傷的痛之外，身上的骨頭也會在一、兩天後出現疼痛的感覺，這是為了讓我們知道，可以更加保護我們。就在摔倒的一剎那，身體會努力想保持平衡保護自身，因此這樣一瞬間的反應，讓身體的肌肉痛。所以痛是一種保護，所以痛得半死，原來是要我們好好的活著。

另外也有一種痛是因為期待，因為愛，例如我們喜歡的人受傷了，或是不順心了，我們的心此時就會痛。而這種痛和前面所說身體的保護機能無關，這種心痛，始終都是出自於愛。

所以父母心疼子女的前途、身體，同樣子女也會心痛父母的身體。這一種痛在情侶間、家人間，尤其疫情期間無法見面更能體會。然而正因為這些痛，所以在團圓和圓夢時，我們就更能知道歡喜的力量。

最近足底筋膜的痛，真的讓我瞭解，如果我珍惜這一個痛的訊息，我才能夠有機會復原。尤其在治療過程中的痛，痛得真的受不了！然而這樣的痛是有盼望的。正如朋友告訴我他決定好好讀書，並且好好努力的最大動力是來自他在小六時，看見他母親為他的調皮心痛的樣子，所以他決定這輩子不能再讓他母親心痛，真的是令人佩服的心志。是的，有時候有一點痛是不是也是一種樂的種子呢？

II-38
歡歡喜喜

　　一位母親懷孕了，是多麼高興的一件事，因為再過九個月嬰兒就會出生了。想起我們白白胖胖的出生，不知獲得多少寵愛於一身，不只是父母的掌心寶貝，而且也會得到許多人的喜歡和疼愛。漸漸地長大了，小孩開始有了自己的想法，也有自己的成長，所以忙碌的人生自此開始，一直到該經歷的事都做了，然後呢？退休，然後呢？如何將父母「金金看」那一個寶貝照顧到老呢？如何減少或無病痛呢？

　　媽媽說生我時痛得特別厲害，那麼我更應該多照顧自己，不要讓自己活在有壓力及病痛的人生。最近聽到不少消息是有關突然生病之事，還有大家想都沒想過的 COVID-19 的疫情，尤其近日的發展更加嚴峻，我思考著，若我們每個人都是如此歡歡喜喜來到世界上，那麼我們是不是應該負責讓自己健健康康地生活並且歡歡喜喜地離去？因為我們的這一遭，是父母、朋友及所有愛我們的人，一生呵護成長到年長，因此我們應當歡歡喜喜地照顧自己的一生。

II-39
飯糰的滋味

　　想起那天清晨，我開著車到了賣飯糰的攤位上。天剛剛有一點亮，路上幾乎沒有行人，早餐店的老闆正在加熱他要賣的商品，我買了兩個飯糰一心想著和你分享有媽媽味道的早餐。我很少這麼早起，幾乎也不會出來買早餐！但是那一天，我想跟你吃個暖暖的飯糰。那個暖暖的味道，在那樣微冷的早晨，正如媽媽和你給我的照顧和溫暖一樣，充滿希望！在機場裡我們靜靜地吃著那兩個飯糰，說起來好像是天下美味，然而它只是滲著捨不得的甜蜜還有祝福。今晚寫著問候好友們的卡片時，不禁又想念起那年我們吃著飯糰的溫暖滋味，想著在 COVID-19 這一年給好友們最好的祝福賀詞大概是「一切平安」了。

II-40
最好的時光

　　有部電影片名是《最好的時光》，令我最感動的劇情是第一部曲的尋尋覓覓之間的過程，及第二部曲裡面女主角的盼望和等待的情愫。第一部曲的主要的故事，是一位當兵的男生和在撞球場工作的女孩通信的過程，最後男主角試著在放假的那天，認認真真尋找為了家計而常常換撞球場工作的女孩，男主角在這一天裡不辭辛勞地一個地方一個地方的找及詢問。劇中並沒有特別說什麼愛或什麼情。然而當兩人相遇的那一刻，我感覺到愛。雖然兩人只有短短的相處時間（因為男生需要準時在規定時間內回到部隊），但是他們知道這種相知相惜的溫暖，是因著他們在通信的過程中已經慢慢將「美好」存了起來！

　　在電影的第二部曲中，看著女主角真情的在自己喜歡的人旁邊唱著南管的模樣，也讓我感動莫名。也許現實裡，她沒有辦法成就自己情感歸屬的願望，然而當她用情用力地彈唱著南管曲子的神情，我感受到她已創造了屬於她自己的最好時光。雖然我看不太懂電影的第三部曲的內容，但是《最好的時光》這部電影的第一部和第二部給予我最美的感動！

　　最近因為 COVID-19 的關係，許多人的生活多少都受了影響。尤其在美國的朋友們，已經經歷了近十個月的封城或是居家

令和在家工作的日子。雖然大家都說還好有網路，可以讓他們看看外界，和朋友聊聊天。但重要的是他們內心都存有一些最好的時光可以在這個時候陪伴自己，所以這種圈在家中等待疫苗的生活，大致還可忍耐一下又一下。

記得有部電影《刺激1995》（The Shawshank Redemption）是敘述一位銀行家因為涉嫌謀殺妻子而被判無期徒刑的故事。事實上這位銀行家完全是冤枉的，可是在萬般無助下，他只能忍耐服刑，等著真相大白。然而在監牢的生活，怎是辛苦二字可以形容的！記得有一幕，他因幫了典獄長的忙，他有機會播放了一首古典樂曲，而且是用擴音機播放。頓時，好多囚犯都昂首想起屬於他們的最好時光。當然對男主角這位銀行家而言，若不是他曾存了些美好樂曲及許多美好時光，他怎麼能在這樣沒指望的牢裡忍耐又忍耐地等著真相大白的一天呢？

想著人的一生，一定多少都有一些自己無能為力或是環境造成的無可奈何的情境，要怎麼克服，怎麼解決都是重要的事。看著朋友們能夠樂觀忍耐疫情造成不便的態度，讓我想到如果平日能多學著存一些「最好的時光」在心中真的很重要。例如：美食、美事、美景及好曲子，或是好好和家人相處、好好和最愛的人一起做事，善待人、幫助人等等，也許這些美好時光就是能給予在忍耐和等待的人們最有力的養分了。